CW00591450

Fabian Lenk
*Die Zeitdetektive*
*Der Fluch der Wikinger*

Fabian Lenk

Die Zeitdetektive

# Der Fluch
# der Wikinger

Band 24

Mit Illustrationen von Almud Kunert

Ravensburger Buchverlag

Bibliografische Information der Deutschen Nationalbibliothek:

Die Deutsche Nationalbibliothek verzeichnet diese Publikation in der Deutschen Nationalbibliografie; detaillierte bibliografische Daten sind im Internet über **http://dnb.d-nb.de** abrufbar.

Das für dieses Buch
verwendete FSC®-zertifizierte Papier liefert
Arctic Paper Mochenwangen GmbH

1 2 3 4   14 13 12 11

© 2011 Ravensburger Buchverlag Otto Maier GmbH
Umschlag und Innenillustrationen: Almud Kunert
Lektorat: Jo Anne Brügmann

Printed in Germany

ISBN 978-3-473-36979-9

www.ravensburger.de
www.fabian-lenk.de
www.zeitdetektive.de

# Inhalt

# Kim, Julian, Leon und Kija – die Zeitdetektive

Die schlagfertige Kim, der kluge Julian, der sportliche Leon und die rätselhafte, ägyptische Katze Kija sind vier Freunde, die ein Geheimnis haben …

Sie besitzen den Schlüssel zu der alten Bibliothek im Benediktinerkloster St. Bartholomäus. In dieser Bücherei verborgen liegt der unheimliche Zeit-Raum „Tempus", von dem aus man in die Vergangenheit reisen kann. Tempus pulsiert im Rhythmus der Zeit. Es gibt Tausende von Türen, hinter denen sich jeweils ein Jahr der Weltgeschichte verbirgt. Durch diese Türen gelangen die Freunde zum Beispiel ins alte Rom oder nach Ägypten zur Zeit der Pharaonen. Aus der Zeit der Pharaonen stammt auch die Katze Kija – sie haben die Freunde von ihrem ersten Abenteuer in die Gegenwart mitgebracht.

Immer wenn die vier Freunde sich für eine spannende Epoche interessieren oder einen mysteriösen Kriminalfall in der Vergangenheit wittern, reisen sie mithilfe von Tempus dorthin.

Tempus bringt die Gefährten auch wieder in die Gegenwart zurück. Julian, Leon, Kim und Kija müssen nur an den Ort zurückkehren, an dem sie in der Vergangenheit gelandet sind. Von dort können sie dann in ihre Zeit zurückreisen.

Auch wenn die Zeitreisen der Freunde mehrere Tage dauern, ist in der Gegenwart keine Sekunde vergangen – und niemand bemerkt die geheimnisvolle Reise der Zeitdetektive …

# Der Rote

Eine Horde von Kindern drängelte sich aus dem stickigen Kinosaal. Dann folgten einige Erwachsene und schließlich, ganz zum Schluss, Leon, Kim und Julian, bewaffnet mit einem Fünf-Liter-Eimer Popcorn, der erst zur Hälfte geleert war.

Vor dem Kino kniete sich Kim hin und zog den Reißverschluss ihres Rucksacks auf.

Heraus lugte der Kopf einer ungewöhnlich schönen Katze mit bernsteinfarbenem Fell und smaragdgrünen Augen.

„Meinst du wirklich, dass es eine gute Idee war, Kija mitzunehmen?", fragte Julian.

„Klar, warum nicht?", entgegnete Kim.

Die Katze schlüpfte aus ihrem Versteck und reckte und streckte sich. Dann gähnte sie herzhaft.

„Vielleicht fand sie den neuen Wickie-Film ja langweilig", sagte Leon.

Kim winkte ab. „Ne, das glaube ich nicht! Schließlich liebt Kija Actionfilme."

„Dann wird sie diesen Streifen bestimmt besonders

gemocht haben. Es gab ja jede Menge gute Actionszenen!", meinte Julian.

„Richtig, das war ein absolut cooler Film. So wie der erste Wickie-Film. Der lockte knapp fünf Millionen Zuschauer in die Kinos, habe ich letztens gelesen", sagte Leon, während sie durch die mittelalterlichen Gassen ihres Heimatstädtchens Siebenthann schlenderten. Es war ein milder Oktobernachmittag, die Freunde hatten Ferien und mussten erst in zwei Stunden zu Hause sein.

„Bestimmt halten viele Kinobesucher den kleinen Wickie für den berühmtesten Wikinger überhaupt." Kim lachte.

„Gut möglich", stimmte Leon ihr zu. „Dabei gibt es Wikinger, die es wirklich gegeben hat und die viel berühmter sein müssten. Zum Beispiel der Mann, der Amerika entdeckte! Das war doch auch ein Wikinger! Wie hieß der noch mal?"

Kim hob die Schultern. „Hm, gute Frage. Ich muss gestehen, dass ich das nicht mehr weiß. Gab es nicht auch einen berühmten Wikinger, der *Grönland* besiedelte? He, Julian, du bist doch bestimmt wieder im Bilde, oder?"

Doch auch Julian musste passen. „Ehrlich gesagt habe ich diese beiden Namen auch nicht mehr auf dem Zettel … Aber wir haben ja noch Zeit – was haltet ihr von einem kleinen Ausflug in unsere Bibliothek? Dort könnten wir die Wissenslücke garantiert ganz schnell schließen."

„Gute Idee", erwiderte Kim. „Oder was meinst du, Leon?"

„Klar, bin dabei. Ihr wisst ja, dass ich ein großer Fan der Wikinger bin – nicht zuletzt aufgrund unseres ersten Abenteuers bei den Nordmännern, bei dem wir den mutigen Tjorgi und seine Familie kennengelernt haben!"

Julian erschauderte leicht. Ihr damaliger Besuch in *Haithabu* war alles andere als ein netter Spaziergang gewesen …

Kurz darauf betraten die drei Freunde und die bildhübsche Katze die Bibliothek des altehrwürdigen Bartholomäus-Klosters. Um diese Uhrzeit war das Reich der Bücher bereits geschlossen, aber das hinderte die Freunde nicht an einem Besuch – schließlich besaß Julian einen Schlüssel. So konnten die Gefährten in aller Ruhe in dem Saal, in dem sich die Geschichtsbücher befanden, recherchieren.

Kija sprang wie gewöhnlich auf eine der sonnenbeschienenen Fensterbänke und begann mit einer ausgiebigen Fellpflege. Dabei ließ sie die Freunde jedoch nicht aus den Augen.

Wie so oft hatte Julian das Gefühl, dass das kluge Tier sie ebenso interessiert wie genau beobachtete.

Der Junge zwinkerte der Katze zu. Dann musterte er die Beschriftung an den Regalbrettern – wo waren noch mal die Werke über die Wikinger?

Bingo! Schon hatte er die richtige Abteilung entdeckt. Er zog ein Buch aus dem Regal und setzte sich damit an einen der Tische.

Leon gesellte sich zu ihm, einen dicken Wälzer in der einen und den Popcorn-Eimer in der anderen Hand.

Kim surfte unterdessen im Internet.

Und während Julian noch das Inhaltsverzeichnis seines Buches studierte, rief das Mädchen: „Ich hab's! Amerika wurde vermutlich von einem Wikinger namens *Leif Eriksson* entdeckt! Er segelte um das Jahr 1000 nach Christus mit fünfunddreißig Mann von Grönland aus los und betrat, vermutlich als erster Europäer, nordamerikanischen Boden. Wahnsinn – sie haben die gefährliche Strecke über das Meer mit ihren offenen Drachenbooten bewältigt!"

„Wirklich beeindruckend! Und somit hätten wir den ersten Namen", meinte Julian anerkennend. „Jetzt brauchen wir noch den zweiten …" Er schaute wieder in das Inhaltsverzeichnis und vertiefte sich dann in ein Kapitel über Leif Eriksson. Kurz darauf huschte ein Lächeln über Julians Gesicht. Er blickte hoch. „Leute, dieser Leif war der Sohn von Erik und …"

„Logo, deshalb heißt er ja auch Eriksson", kommentierte Kim.

„Äh … ja, klar", erwiderte Julian, um dann rasch fortzufahren: „Und dieser Erik war ebenfalls ein berühmter Entdecker. Mit vollständigem Namen hieß er *Erik Thorvaldsson*. Sein Spitzname war ‚der Rote'."

„Ach, hatte er rote Haare?", fragte Leon.

„Das auch", entgegnete Julian, der ein wenig weitergelesen hatte. Er schluckte. „Hier steht noch, dass man ihn den Roten nannte, weil Blut an seinen Händen klebte."

Kim verzog das Gesicht. „Nicht gerade sympathisch. Steht dort vielleicht auch, welche Verbrechen er begangen hat?"

„Ja. Erik wurde wohl in seiner Heimat *Island* in eine Schlägerei verwickelt. Dabei wurde jemand getötet", zitierte Julian aus seinem Buch. „Das *Thing* verbannte Erik daraufhin für drei Jahre. Er musste also seine Heimat verlassen – einen Ort, der heute *Reykjavik* heißt. Jedoch durfte er selbst entscheiden, wohin er ging. Erik segelte los und stieß auf die Insel Grönland, die damals aber noch keinen Namen hatte. Als Erik nach drei Jahren, man schrieb das Jahr 985, wieder nach Island zurückkehrte, überredete er siebenhundert Wikinger, ihm in fünfundzwanzig Schiffen nach Grönland zu folgen."

Leon stutzte. „Demnach war Erik wohl ihr Anführer, ihr *Jarl*. Aber war das Unterfangen nicht sehr riskant?"

„Doch, auch das steht hier", kam es von Julian. „Die Fahrt muss fünf bis sechs Tage gedauert haben und extrem gefährlich gewesen sein. Auch Eriks Sohn Leif war an Bord. Er muss damals etwa zehn Jahre alt gewesen sein. Außerdem hatten die Wikinger viele Tiere und ihren kompletten Hausstand dabei."

Kim verließ den PC und ging zu Kija, um sie unter dem Kinn zu kraulen. Die Katze schnurrte wohlig.

„Ich kann mir überhaupt nicht vorstellen, wie man mit einem solchen Gepäck in offenen Booten das Meer bezwingen kann", überlegte Kim laut. „Warum gingen die Wikinger ein solches Risiko ein? Waren sie auf der Flucht vor irgendwelchen feindlichen Kriegern oder gab es eine Hungersnot, die sie dazu veranlasste, ihre Heimat zu verlassen?"

„Nö", entgegnete Julian. „Jedenfalls steht hier nichts dergleichen. Es scheint den Wikingern in Island richtig gut gegangen zu sein."

„Vielleicht hatte Erik ja etwas Besonderes auf Grönland entdeckt", sagte Leon. „Einen Schatz oder so etwas."

„Einen Schatz?" Julians Augen begannen zu leuchten. Dann spähte er wieder in sein Buch. Aber von einem Schatz stand nichts darin. Etwas ratlos klappte er es zu. Warum waren die Wikinger Erik gefolgt?

Diese Frage ließ ihm keine Ruhe. Und so war er es diesmal, der den Zaubersatz sprach. „Was haltet ihr von einer kleinen Zeitreise?"

Leon strahlte ihn an. „Zu den Wikingern? Immer!"

„Ich weiß nicht", sagte Kim. „Da gibt es bestimmt wieder immer nur Fisch zu essen. Und ich hasse Fisch!"

Leon grinste von einem Ohr zum anderen. „Och ... Kija würde sich freuen!"

„Ich mich aber nicht", schmollte das Mädchen.

„Das kriegen wir schon hin", sagte Julian besänftigend. „Lasst uns das Jahr 985 und als Ort das heutige Reykjavik nehmen", schlug er vor. „Dann können wir herausfinden, was die Wikinger nach Grönland trieb."

Leon rieb sich die Hände. „Fein! Dann lernen wir womöglich auch Leif kennen. Der war damals ja nur wenig jünger, als wir es heute sind. Das wird bestimmt mächtig interessant!"

Doch Kim zögerte immer noch. „Vergesst nicht, welchen Beinamen Erik hatte. Vielleicht ist der Mann gefährlich ...", gab sie zu bedenken.

Da erklang ein Miauen von der Fensterbank. Die Katze hatte sich erhoben und streckte sich.

Julian sah Kim und Leon an. „Sieht so aus, als hätte Kija mal wieder die Zeichen der Zeit erkannt. Mir scheint, sie will aufbrechen."

„Na dann: Los geht's!", rief Leon. „Was ist jetzt mit dir, Kim?"

Das Mädchen straffte die Schultern. „Okay, überredet. Auf zu Tempus!"

Die Gefährten liefen zu dem geheimnisvollen Zeit-Raum, der in einem der angrenzenden Lesesäle lag. Tempus war hinter einem hohen Regal, das auf einer Schiene bewegt werden konnte, verborgen. Nur die Freunde wussten von der Existenz des Raums.

Sie schoben das schwere Regal zur Seite und nun war das mit rätselhaften Inschriften und dämonischen Fratzen bedeckte Tor zu Tempus zu sehen.

„Nach dir", sagte Kim leise zu Julian.

Julian öffnete die Pforte und sie traten ein. Durch Tempus waberte wie üblich blauer Nebel und der Boden des Raums pulsierte im Rhythmus der Zeit wie ein mächtiges Uhrwerk.

Julian versuchte, sich zu orientieren, während er mit klopfendem Herzen immer weiter in den Zeit-Raum hineinging. Doch wie immer war das ein völlig aussichtsloses Unterfangen, weil die Anordnung der Tausenden von Türen, die sich in Tempus befanden, keiner Logik gehorchte. Der mysteriöse Zeit-Raum hatte die Pforten, über denen jeweils eine Jahreszahl prangte, scheinbar willkürlich durcheinandergewürfelt.

Julian ging weiter und sog die unheimliche Atmosphäre in sich auf. Nicht nur der gegen seine Fußsohlen klopfende Boden verunsicherte ihn wie jedes Mal. Auch die unheimliche Mischung aus Geräuschen, die aus den Türen drang, machte ihm Angst: ein irres Lachen, heftiges Schlachtengetöse, der melodiöse Gesang eines Vogels, Donnerhall, tosender Beifall oder das Fauchen einer Raubkatze.

Der Junge heftete seinen Blick auf die Türen. Wo war die Pforte mit der Zahl 985 nach Christus? Keine Chance, er sah alle möglichen Jahreszahlen, aber nicht die richtige.

Doch wenig später gab ihm Tempus ein Zeichen, oder war es einfach nur Zufall?

Denn unvermittelt vernahm der Junge in all dem Chaos der Geräusche ein monotones Rufen. Er blieb stehen und spitzte die Ohren. Ja, das klang wie ein immer wiederkehrendes Kommando. Dann hörte Julian ein Platschen, das sich ebenfalls ständig wiederholte. Stammte dieses Geräusch von einem Boot, dessen *Riemen* auf Kommando rhythmisch ins Wasser getaucht wurden? Handelte es sich etwa um ein Wikingerboot, das in eine Flaute geraten war und gerudert werden musste? Julians Mund wurde trocken. Er starrte in den Nebel, bis seine Augen brannten. Von woher waren diese Geräusche gekommen? Von links, oder?

Er wandte sich in diese Richtung, die anderen im Schlepptau. Und kurz darauf standen die Gefährten tatsächlich vor der richtigen Tür! Diese unterschied sich deutlich von den anderen: Sie war aus blutrot bemaltem Holz, kreisrund und hatte einen Durchmesser von über zwei Metern. In den Türrahmen waren *Runen* eingeschnitzt worden und in der Mitte der Pforte thronte eine Halbkugel aus Metall.

„Ein Schildbuckel", flüsterte Julian seinen Freunden zu. „Ich sage euch: Das ist ein riesiger Schild der Wikinger!"

„Stimmt", sagte Leon, der sich gut an die Waffen der Wikinger in Haithabu erinnerte.

Julian drückte vorsichtig gegen den Metallbuckel. Nun schwang das Tor wie von Geisterhand auf. Dahinter gähnte ein schwarzes Loch.

Kim nahm Kija auf den Arm. Dann fassten sich die Freunde an den Händen und konzentrierten sich ganz auf Eriks ehemaliges Dorf in Island, das heutige Reykjavik. Denn nur so konnte Tempus sie an den richtigen Ort bringen.

Die Gefährten machten den einen, den entscheidenden Schritt und fielen in ein schwarzes Nichts.

# Ein verwegener Plan

Kim rieb sich die Augen – wo war sie? Sie fühlte sich benommen. Sie rieb sich erneut die Augen und nun wurden die Bilder um sie herum scharf. Sie befand sich auf der Plattform eines etwa vier Meter hohen Holzturms, der mit einer ebenfalls hölzernen Brüstung versehen war und aus einer deutlich niedrigeren Palisade hervorragte. Neben Kim waren Leon, Julian und Kija, die sich ebenfalls neugierig umschauten.

Kim drehte sich um und erkannte, wodurch Tempus sie diesmal in die Vergangenheit geschickt hatte: Es war ein gewaltiger Schild, der exakt so aussah wie der, den sie im Zeit-Raum gesehen hatten! Dieser Schild thronte über dem turmähnlichen Eingangstor zu einer Wikingersiedlung.

„Jungs, den Schild sollten wir uns gut merken – für die Rückreise", wisperte das Mädchen. Kim hatte unwillkürlich die Stimme gesenkt, als fürchtete sie, dass man ihre heimliche Ankunft in der Welt der Wikinger bemerkt haben könnte.

Aber ihre Furcht war unbegründet. Niemand nahm

Notiz von ihnen. Der Turm war nicht von Kriegern besetzt. Kim beugte sich über die Brüstung und sah, dass unten zwei bärtige, mit Schwertern bewaffnete Männer das Tor bewachten.

Nun schaute Kim zu dem Dorf, das inmitten der Palisade unter einem grauen Himmel kauerte. Es war mild, eine leichte Brise trug salzige Meeresluft vom Hafen heran. Dort lagen an langen Stegen neben einigen eher plumpen *Knorren* auch mächtige, einmastige Langschiffe, deren *Steven* sich aufbäumten wie scheuende Pferde. Die Vordersteven waren mit furchterregenden Drachenköpfen geschmückt, die ihre Mäuler weit aufgerissen hatten.

„Wie damals in Haithabu", sagte Kim angesichts der Szenerie und lächelte.

Das Dorf bestand aus mehreren Hundert bis zu zwanzig Meter langen und etwa sieben Meter breiten Hallenhäusern, die, wie Kim wusste, meistens zwei bis drei Räume hatten. Die spitzgiebeligen Dächer waren mit Reet, Schilf oder Grassoden gedeckt. Sie ruhten auf massiven Bohlen aus Eichenholz. Die Wandflächen zwischen diesen tragenden Säulen bestanden aus Flechtwerk: Die Wikinger bogen Ruten um senkrechte Streben und dünne Pfähle und verschmierten sie mit Lehm, um Wind und Regen abzuhalten.

Jedes Haus verfügte über kleine Nebengebäude: Ställe und Schuppen für Vorräte, vor denen bauchige

Fässer standen. Außerdem sah Kim viele Pferche, in denen Schweine grunzten, Hühner gackerten, Ziegen meckerten, Rinder muhten und Schafe blökten, sowie zahlreiche Brunnen.

Zwei junge, blonde Frauen standen ganz in der Nähe des Turms an einem niedrigen Zaun und unterhielten sich. Die eine der beiden trug einen taillierten Trägerrock aus feiner, moosgrüner Wolle. Die Schulterträger waren mit hübschen *Fibeln* aus Bronze am Oberteil des Kleidungsstücks befestigt. Der Rock reichte bis zu den Knöcheln der Frau, ihre Füße steckten in festen Lederschuhen. Die andere Frau trug ein langes Kleid aus sonnengelber Wolle, das mit dekorativen Abnähern und senkrecht verlaufenden, hellblauen Zierflechten versehen war.

Kim sah an sich herab.

„Na ja, ganz in Ordnung", lautete ihr Urteil. Tempus hatte sie mit einem langärmeligen Kleid in blauer Farbe und festen Stiefeln ausgestattet, die ihr bis über die Knöchel reichten. Über dem Kleid trug Kim einen winddichten Umhang aus weinroter Wolle. Leon und Julian hatten grobe, weiße Hemden an, die ihnen fast bis zu den Knien reichten. Außerdem trugen sie hüftlange, dunkelgraue *Wämser* mit Kapuzen sowie enge, lange Hosen.

Und Kija? Die schaute ungeduldig zu den Freunden hoch und maunzte. Als weder Kim noch Leon oder

Julian von ihr Notiz nahmen, glitt die Katze zur Leiter, die vom obersten Podest durch eine Luke zum Zwischengeschoss des Turms führte. Kija sparte sich die Sprossen und sprang einfach hinunter.

„Kommt, wir sollten zusammenbleiben", sagte Kim und folgte der Katze.

Kurz darauf waren sie unten und mischten sich im Rücken der beiden Wachen unter das Wikingervolk. Auf den gewundenen, lehmigen Wegen kamen ihnen Händler, Fischer und Bauern entgegen. Zwei Männer schleppten eine Art Trage, auf der ein Fass lag. Ein Hirte trieb zwei Rinder vor sich her, die viel kleiner waren als die, die die Gefährten aus Siebenthann kannten. Vor einem großen Schuppen saß ein Zimmermann und sägte einen Balken zu. Aus einer Werkstatt klang das wuchtige Hämmern eines Schmieds. Ein etwa zehnjähriger Junge versuchte, ein Huhn zu schnappen, das offensichtlich aus einem Gatter entwischt war.

„Und nun, wo sollen wir hin?", fragte Julian.

„Lasst uns versuchen, das Haus des Jarls zu finden", schlug Kim vor. „Das dürfte ja nicht so schwierig sein. Und dann …"

Weiter kam sie nicht, weil das entflohene Huhn unmittelbar an ihrer Nase vorbeiflatterte.

„Na warte, ich krieg dich schon, bei *Skadi*!", rief der

Junge und machte einen Satz, um das Huhn zu schnappen. Er verfehlte es jedoch und landete stattdessen vor Kims Füßen.

„Moment, das haben wir gleich", rief das Mädchen und flitzte dem Huhn hinterher, das zeternd den Pfad hinunterfloh. Kim holte das flatterhafte Wesen ein und trug es zu dem fremden Jungen zurück.

Verlegen rappelte sich der junge Wikinger auf. „Danke, aber das wäre nicht nötig gewesen, ich hätte den albernen Vogel auch gleich gehabt", meinte er, während er sein Wams glatt strich.

„Natürlich", sagte Kim freundlich.

„Eigentlich hätte ich dieses Huhn verkaufen sollen, aber es hatte dazu wohl keine große Lust", ergänzte der Junge. Dann musterte er die Freunde aufmerksam. „Wer seid ihr eigentlich? Ich habe euch noch nie hier gesehen …"

Ihre Herkunft zu erklären war wie immer die Aufgabe von Julian. Er erzählte dem Jungen ihre übliche herzergreifende Geschichte: Sie hätten ihre Eltern bei einem Überfall von Räubern verloren und seien zu diesem Dorf geflohen – in der Hoffnung, hier eine Unterkunft und Arbeit zu finden.

Während Julian redete, schaute Kim sich den Wikinger genauer an. Er war drahtig und eher klein und hatte dunkelblondes, verwuscheltes Haar, als wäre er gerade aufgestanden. Der Mund war schmal, die Nase kräftig und lang, das Kinn energisch und recht breit. Die Augen des Jungen waren stahlblau. Er hatte etwas Verwegenes an sich und schien vor Energie nur so zu sprühen.

Bekleidet war er wie Leon und Julian mit Hose, Hemd und Wams. Jedoch war seine Kleidung viel aufwendiger gearbeitet und verziert. Kim hatte den Eindruck, dass der Junge reiche Eltern haben musste.

„Hm", machte der Junge, als Julian fertig war, und rieb sein Kinn. „Mal sehen, was ich für euch tun kann. Ich heiße übrigens Leif und bin der Sohn unseres Jarls Erik!"

Leif? Das ist ja prächtig!, durchfuhr es Kim. Da waren sie ja gleich an der richtigen Adresse!

„Du meinst, ihr habt Arbeit für uns?", fragte sie hoffnungsvoll.

„Vielleicht", wich Leif aus. „Mein Vater hat etwas Großartiges vor. Er ist erst vor wenigen Wochen aus der Verbannung zurückgekehrt. Noch an diesem Morgen wird er seinen Plan auf dem Dorfplatz verkünden – und darin liegt womöglich eure Chance!"

„Einen Plan?", hakte Kim nach. „Was hat er denn vor?"

Leif legte verschwörerisch einen Finger auf die Lippen. „Das ist noch geheim. Mein Vater würde es nicht sehr lustig finden, wenn ich vorher schon alles herumtratsche. Und wenn der mal richtig wütend wird … ne, das darf ich lieber nicht riskieren, beim *Tyr*! Kommt einfach mit!"

Und so folgten die Gefährten ihrem neuen Freund durch das Dorf und erreichten einen großen runden Platz, der von besonders prächtigen Hallenhäusern umstanden war. Auf dem Platz hatte sich bereits eine große Menge eingefunden. Weitere Wikinger strömten von allen Seiten herbei. Die Männer, Frauen und Kinder blickten neugierig auf das größte Haus. Kim vermutete, dass es dem Jarl gehörte. Leif brachte das störrische Huhn in sein Gehege zurück und sicherte sich dann mit den Gefährten einen Platz unmittelbar vor diesem großen Haus.

Schon ging die Tür auf und ein riesenhafter Wikinger trat über die Schwelle. Sein üppiger Bart und die zu einem Zopf gebundenen Haare waren flammend rot.

Erik, der Rote!, durchfuhr es Kim. Das war zweifellos der Jarl!

Der Hüne war mit einem eleganten *Klappenrock* aus schwarzem Stoff bekleidet, der ihm bis knapp über die Hüfte reichte. Der Rock war seitlich geschlitzt und besaß edle, diagonale Besätze aus Pelz. Über dem Klappenrock trug der Jarl einen breiten Ledergürtel und  einen gewebten Mantel aus gelb und grün kariertem Wollstoff. Außerdem hatte er eine rote *Pumphose*, die an den Knien in schwarze Wickelbänder

26

überging, sowie kurzschäftige Stiefel aus geschmeidigem Ziegenleder an.

Das Gesicht des Mannes, der etwa Mitte dreißig sein mochte, war kantig und grob, sein Kinn erinnerte das Mädchen an einen Felsvorsprung. Die Nase war schief und schien mehrfach gebrochen zu sein. Eriks Blick war der eines Raubvogels, starr und kalt. Jetzt hob der Jarl die Hand und jegliches Gemurmel erstarb.

Erik ließ seine Adleraugen über die Menge schweifen. „Wir alle haben ein schweres Jahr hinter uns", hob er an. „Ihr, weil der Winter härter als sonst war und die letzte Ernte zu wenig Erträge gebracht hat. Hinzu kam eine seltsame Krankheit, die einen Teil des Viehs dahinraffte."

Kim beobachtete, dass viele in der Menge mit sorgenvollen Mienen nickten.

„Und ich war nicht da, um euch helfen zu können", fuhr der Jarl fort. „Wie ihr wisst, wurde ich zu Unrecht dazu verurteilt, unser geliebtes Dorf zu verlassen – für drei lange Jahre. Aber ich habe die Zeit der Verbannung genutzt. Ich habe etwas entdeckt! Nicht weit entfernt von hier gibt es ein riesiges Land, das reicher ist als unseres hier. Ein Land, das unendliche saftige Wiesen bietet, wo unser Vieh prächtig gedeihen kann. Sein Meer ist reich an Fischen und an Land gibt es viel Wild. Alles ist dort im Überfluss vorhanden, niemand muss in diesem Land Hunger leiden."

27

Der Jarl legte eine kleine Kunstpause ein und ließ die Worte wirken.

„Wo ist dieses Land?", rief jemand.

Jetzt machte Erik eine unbestimmte Handbewegung. „Westlich von hier. Mit unseren Schiffen werden wir dorthin fünf, vielleicht sechs Tage brauchen, wenn *Nörd* uns wohlgesonnen ist – mehr nicht."

„Und wie heißt es, dieses Land?"

Ein zufriedenes Lächeln umspielte den Mund des Jarls. „Es hatte keinen Namen – bis ich seine Küsten entdeckte. Ich habe dieses Land Grönland getauft, das grüne Land!"

Nun musste auch Kim lächeln. Der Name „Grönland" schien ein Werbetrick des Jarls zu sein, denn so grün war Grönland sicher nicht. Kim wusste, dass weite Teile der Insel unter einer Eisdecke lagen. Nur die Küsten waren eisfrei.

„Dieses reiche Land kann uns gehören, wir müssen es nur wollen! Folgt mir, ich habe da eine ganz bestimmte schöne Bucht im Auge!", donnerte Eriks Stimme über den Platz.

Jubel brandete auf. Viele der Wikinger ließen ihren Anführer hochleben. Leif reckte seine schmalen Fäuste in den Himmel und rief den Namen seines Vaters.

Kim sah jedoch auch Gesichter, in denen Unentschlossenheit und teils sogar Ablehnung zu lesen war.

Aber der Jarl hatte noch einen Trumpf im Ärmel. Er

schaute über seine Schulter ins Innere des Hauses und nickte kurz. Eine große, schöne Frau in einem mitternachtsblauen, fein gewebten Kleid trat neben ihn. Ihre blonden Haare waren zu zwei Zöpfen geflochten und ihren Hals schmückte eine hübsche Kette mit weißen Perlen.

„Das ist meine Mutter Rainvaig", tuschelte Leif. „Ihr Wort hat bei allen Leuten Gewicht. Sie hat schon viele gute Entscheidungen getroffen."

„Hört mich an!", sprach die Wikingerin mit fester, klarer Stimme. „Mir ist nicht entgangen, dass einige unter euch Zweifel plagen. Doch ich sage euch: Wir alle sollten Erik folgen! Wir werden ein neues Dorf bauen, größer und schöner als das alte. Wir werden reich sein und der Hunger nur noch eine böse Erinnerung."

Kim schaute wieder in die Gesichter. Einige Mienen, die gerade noch düster und verschlossen gewesen waren, hellten sich auf – vor allem die der Frauen. Es gab erneut Beifall.

„Wann soll es losgehen?", schallte es aus der Menge.

„Gleich morgen, sobald die Schiffe beladen sind!", rief Erik begeistert. „Wir müssen alles mitnehmen, was wir in Grönland brauchen werden: Werkzeuge, Hausrat, Erntegeräte, Waffen, Saatgut, Vieh, Futter sowie Nahrungsmittel. Außerdem …"

„Halt! Das geht mir alles viel zu schnell", dröhnte da eine Stimme.

Kim schaute zur Seite und entdeckte einen untersetzten Mann, auf dessen Stirn sich eine Zornesfalte gebildet hatte.

„Gardar – ich hätte es mir denken können", grummelte der Jarl.

„Ich halte nichts von deinem Plan", sagte der Mann namens Gardar kühl. „Das Unterfangen ist viel zu riskant. In Richtung Westen ist das Meer unerforscht und sicher voller Gefahren. Ich als Fischer kann das beurteilen. Wir werden viele Opfer zu beklagen haben. Es wäre sehr viel klüger, wenn wir hierbleiben würden!"

Einige Männer, die direkt bei Gardar standen, nickten zustimmend.

Kim nahm Kija auf den Arm. Dann beobachtete sie wieder die Menge. Würde die Stimmung kippen?

„Du bist ein elender Feigling, Gardar", polterte Erik.

„Nein!", wehrte sich der Fischer. „Aber du bist ein Schwätzer!"

Der Jarl machte einen drohenden Schritt auf Gardar zu. Jetzt standen sich die Männer unmittelbar gegenüber. Gardar wich keinen Millimeter zurück.

„Diejenigen, die dir nicht folgen wollen, werden vermutlich schutzlos sein, wenn wir angegriffen werden", zischte Gardar.

„Dann müssen eben alle mitkommen", grollte Erik.

„Nein, einige werden nicht mitkommen! Denn du wirst diejenigen, die dir folgen, in den Tod führen!"

Der Jarl ballte seine Fäuste, die Kim an Schmiede-hämmer erinnerten. „Beim *Odin*, jetzt reicht es aber!", blaffte er.

Rainvaig legte ihm beruhigend eine Hand auf die Schulter.

„Nun gut, dann werden die hier zurückbleiben, die zu feige für diese Reise in eine bessere Zukunft sind", schnarrte Erik.

„Du kannst doch nicht einfach unser Dorf aufgeben, du Verräter!", schrie der Fischer erbost.

Der Jarl wurde bleich. „Wie hast du mich ge-nannt?"

„Verräter!"

Bevor Erik zuschlagen konnte, wurde er von seiner Frau zurückgehalten.

„Verschwinde!", tobte der Jarl. „Ich will dich nie wieder bei uns sehen. Und nimm deine feigen Freunde gleich mit. Niemand braucht euch! Ihr habt Zeit bis morgen Früh!"

Auch aus dem Gesicht des Fischers war jede Farbe gewichen.

„Das wirst du noch bereuen, Erik! Das schwöre ich dir", drohte Gardar. „Ich verfluche dich und deinen Hochmut!"

Dann wandte er sich ab und verließ mit einigen Männern den Platz. Verächtliches Gelächter schallte hinter ihnen her.

„Gut!", rief der Jarl und bemühte sich um ein Lächeln. „Wir anderen sind uns dann wohl alle einig. Morgen brechen wir auf!"

Hundertfacher Jubel wurde laut.

Gegen Mittag betraten die Gefährten zusammen mit Leif Eriks großes Hallenhaus. Da der Jarl jeden Siedler für sein Grönland-Projekt gebrauchen konnte, hatte er erlaubt, dass Kim, Leon, Julian und Kija in seinem Haus übernachteten. Am nächsten Tag sollten sie an Bord seines Schiffes gehen und mit nach Grönland segeln.

Erik selbst war nicht anwesend. Er war gleich nach seiner Ansprache zum Hafen gegangen, um dafür zu sorgen, dass die Schiffe startklar gemacht wurden.

„Setzt euch ruhig", bot Rainvaig an und deutete auf Holzbänke, deren Sitzflächen mit Fellen überzogen waren. Während Kim Platz nahm, schaute sie sich um. In der Mitte des fensterlosen Raumes, der von einigen Tranfunzeln erleuchtet wurde, befand sich eine ebenerdige, runde und mit etwa faustgroßen Steinen gepflasterte Stelle – der Herd. Er war mit einer Lehmschicht als Herdplatte bedeckt. In diesem Herd brannte ein Feuer.

Die Einrichtung des Wohn-, Ess- und Schlafzimmers war spärlich: einige Truhen, mit Fellen gepolsterte Schlafstellen, ein Backofen mit einer Kornmühle, ein

Hängebord mit unterschiedlich großen Gefäßen, ein Webstuhl – das war es auch schon.

Leif verschwand im angrenzenden Raum und kehrte mit drei jüngeren Kindern zurück. „Das sind meine Geschwister Thorvald, Thorstein und Freydis!", rief er fröhlich.

Auch Leif und seine Geschwister hockten sich auf die Bänke. Leif begann sofort, aufgeregt Pläne für ihre Zukunft auf Grönland zu schmieden.

„Wollt ihr etwas essen?", unterbrach Rainvaig ihn schließlich.

„Na klar!", kam es wie aus einem Munde.

Solange es kein Fisch ist, ergänzte Kim im Stillen.

Das Mädchen hatte Glück. Neben einer Dorschsuppe gab es Roggenbrot und Rindfleisch.

Nachdem sie sich gestärkt hatten, säuberten sie die Teller sowie die Löffel und Messer. Dann setzte sich Rainvaig an den Webstuhl. Leif stürzte sogleich zu seinem Vater zum Hafen, während die Freunde einen Spaziergang durch das Dorf unternehmen wollten.

Als sie das Haus verließen, dämmerte es bereits.

„Wohin?", fragte Leon gut gelaunt.

„Immer der Nase nach", erwiderte Kim.

Und so stromerten sie kreuz und quer durch den lebhaften Ort mit seinen zahlreichen Werkstätten und der kleinen Werft.

Wie Leon war auch Julian voller Tatendrang und

Zuversicht. Doch Kim war bedrückt. Die Drohung des Fischers wollte ihr einfach nicht aus dem Kopf gehen.

Unvermittelt machte sich Kija mit einem lauten Maunzer bemerkbar.

Kim blieb stehen und schaute zu dem klugen Tier hinunter. „Alles klar?", fragte sie, obschon sie ahnte, dass etwas im Busch war.

Die Katze funkelte sie mit ihren unergründlichen Augen an. Dann heftete sie ihren Blick auf eine Gruppe von Birken, die von hohem Gras umgeben war.

„Wartet mal!", rief Kim den Jungs hinterher. Zwischen den Bäumen bewegte sich etwas. Die Augen des Mädchens wurden schmal. Hielt sich dort jemand verborgen?

Kim gab Leon und Julian ein Zeichen. Dann huschten sie geduckt zu der Baumgruppe. Ganz in der Nähe duckten sie sich hinter eine Hausecke.

Kim spähte zu den Bäumen hinüber. Im letzten Licht des schwindenden Tages erkannte sie Gardar, den Fischer! Er hatte ein paar Männer um sich versammelt und sprach leise und eindringlich auf sie ein.

Was hatte Gardar vor? Plante er etwa eine Verschwörung?

# Die geheime Karte

Leon lauschte angestrengt. Doch die Männer waren zu weit entfernt. Er konnte nicht hören, was sie besprachen.

Der Junge ging in die Knie. An dieser Stelle wuchs das Gras fast hüfthoch. Leon lächelte. Es wäre doch gelacht, wenn er nicht herausbekommen könnte, um was es bei diesem geheimen Treffen ging! Er signalisierte seinen Freunden, dass sie warten sollten, und schlich los. Neben ihm glitt Kija geräuschlos durchs hohe Gras.

Kurz darauf waren die beiden vielleicht noch fünf Meter von den Männern entfernt. Leon machte sich ganz klein und sperrte die Ohren auf.

„... das wird eine Katastrophe!", zischte einer der Männer.

„Ja", brummelte ein anderer. „Alle, die zurückbleiben, sind so gut wie verloren. Wir sind zu wenige, um uns zu verteidigen, wenn wir angegriffen werden."

Wenn Leon nicht alles täuschte, war das die Stimme von Gardar gewesen.

„Willst du also doch mit Erik ziehen, diesem Angeber?", erklang jetzt wieder die andere Stimme.

„Natürlich nicht. Wir würden die Fahrt nicht überleben. Das Meer würde uns alle verschlingen", erwiderte der Fischer.

„Also, was schlägst du vor?"

Für einen Moment herrschte Schweigen.

„Wenn wir Erik doch nur irgendwie aufhalten oder zur Umkehr bewegen könnten", sagte Gardar schließlich leise. „Dann würden alle im Dorf bleiben, alles wäre wie früher und wir wären in Sicherheit."

„Aufhalten – wie das?", kam es von einem der anderen Männer.

Jetzt wird's spannend!, dachte Leon in seinem Versteck.

Doch Gardar machte ihm einen Strich durch die Rechnung. Er senkte die Stimme zu einem Flüstern, und so sehr Leon auch die Ohren aufsperrte, er konnte keine Silbe mehr verstehen.

Nach einer Weile gab er auf und kroch mit Kija zu Kim und Julian zurück.

„Und?", sagten die beiden wie aus einem Munde.

„Es klang so, als würden die Männer um Gardar etwas planen. Etwas, das den Grönland-Plan scheitern lässt", erwiderte Leon. „Ich sage euch, Leute, da ist irgendetwas im Busch. Wir sollten den Fischer im Auge behalten. Und wenn ..."

„Psst", machte Julian. „Sie kommen!"

Leon blickte über die Schulter und sah Gardar und die anderen Männer auf sie zulaufen! Hatten sie etwas bemerkt?

„Abflug", wisperte Leon.

Kurz darauf erreichten die Freunde wieder Eriks Haus.

Leif öffnete ihnen die Tür. „Wenn ihr schön leise seid, dürft ihr reinkommen", sagte er geheimnisvoll.

Leon wunderte sich ein wenig, dann ging er auf Zehenspitzen in das Hallenhaus.

Um die Feuerstelle herum standen oder saßen außer Erik noch elf andere Männer, die in ein Gespräch vertieft waren. Als einzige Frau war Rainvaig zugegen. Offenbar gab es gerade eine entscheidende Besprechung …

Leif zog die Freunde in einen dunklen Winkel des großen Raumes. „Das sind die wichtigsten Männer unseres Dorfes", wisperte er. „Vater hat sie hergebeten, um ihnen etwas zu zeigen."

„Was denn?"

Doch Leif zuckte nur mit den Schultern. Dann deutete er verstohlen auf einen kleinen, dicken Mann. „Das ist Halfdan, der reichste Bauer im Dorf. Und der Große neben ihm ist Ingolfur, der Jäger."

Leon prägte sich die Gesichter der beiden ein. Halfdan war pausbäckig, rotwangig und hatte einen imposanten Schnauzbart, während Ingolfur dürr wie eine Zaunlatte war. Das Gesicht des Jägers war langgezogen, seine Nase spitz, der Mund kaum mehr als ein Strich.

„Und der da ganz rechts, das ist Floki, unser Schmied", flüsterte Leif. „Er fertigt alle unsere Waffen und Werkzeuge an."

Floki war ein bulliger Mann mit einer Glatze, einem erstaunlich breiten Kreuz und zu kurzen O-Beinen. Er setzte gerade einen Krug mit *Met* an seine Lippen. „Dein Met ist zwar lecker, aber deswegen bin ich nicht hier, Erik. Nun zeig schon, was du so Geheimnisvolles zu bieten hast!", drängte er, als er den Krug wieder absetzte.

Erik hob die Hand und jegliches Gemurmel in der Runde erstarb.

Leon warf seinen Freunden einen erwartungsvollen Blick zu.

„Als ich gerade im Hafen war", hob der Jarl an, „wurde ich von einigen gefragt, wohin genau wir morgen segeln werden. Grönland sei schließlich so riesig ..."

„Genau, das hast du ja selbst berichtet", warf Halfdan, der Bauer, ein. „Und wer sagt uns, dass du diese schöne Bucht wiederfindest, von der du erzählt hast, beim *Bragi*!"

Erik lächelte. „*Ich* sage es euch." Er gab Rainvaig ein

39

Zeichen, die daraufhin aus einer Truhe eine Schriftrolle holte.

Mit einer feierlichen Geste öffnete der Jarl das Lederband, mit dem die Rolle zusammengebunden war.

Leons Augen wurden groß. Erik hielt eine Karte in den Händen!

„Diese Karte habe ich während meiner Verbannungszeit gezeichnet", sagte der Jarl stolz und tippte auf eine Stelle ziemlich in der Mitte. „Dies hier, das ist meine Bucht in meinem Fjord. Ich habe ihn *Eriksfjord* getauft."

Wie bescheiden!, dachte Leon bei sich.

„Diese Karte habe ich außer Rainvaig und euch niemandem gezeigt", fuhr der Jarl fort. „Sie darf nicht in falsche Hände geraten. Niemals! Sonst könnte uns jemand diesen fantastischen Platz vor der Nase wegschnappen!"

Die Männer nickten bedächtig.

Eriks stechender Blick fiel auf Leon und seine Freunde. Er wirkte überrascht, als habe er die Kinder gerade erst bewusst wahrgenommen. Seine Miene verdunkelte sich. „Ich hoffe, ihr habt gut zugehört, ihr Krümel", knurrte er.

„Natürlich, Vater!", rief Leif schnell.

„Nun gut", sagte Erik und wandte sich wieder an die Männer. „Ihr seht, mit dieser Karte werden wir unser Ziel mühelos erreichen. Habt ihr noch Fragen?"

„Nein", sagte Ingolfur stellvertretend für die anderen. „Wir danken dir, Erik. Du kannst dich auf uns verlassen."

„So ist es!", riefen die anderen im Chor, bevor sie das Haus verließen.

„Gut", sagte Erik, als sie wieder unter sich waren. „Jetzt habe ich Hunger. Rainvaig, was gibt es Feines?"

Es folgte eine üppige Schlemmerei mit Lamm- und Ziegenfleisch, Pilzen, geräucherten Forellen und als Nachtisch Waldbeeren.

Durch das offene Feuer wurde es immer stickiger. Leon hatte das Gefühl, dass er sich in einer Räucherkammer befand. Erik bekämpfte seinen Durst mit mehreren Bechern Met und wurde immer lockerer. Leif, der wie Leon, Kim und Julian Ziegenmilch bekam, redete wie ein Wasserfall. Er strotzte nur so vor Tatendrang und Selbstbewusstsein und verkündete immer wieder, dass niemand seinen Vater aufhalten könne.

Hoffentlich, dachte Leon insgeheim. Sollte er Erik von seinen Beobachtungen berichten? Doch der Junge wollte Gardar nicht auf einen bloßen Verdacht hin anklagen – wer wusste schon, wie Erik reagieren würde?

So lauschte er weiter Leifs begeisterten Ausführungen. Irgendwann gähnte dieser laut und vernehmlich.

„Es wird Zeit, dass du dich hinlegst, mein Sohn", entschied Rainvaig.

Leif protestierte nur schwach und zog sich auf eine der Bänke zurück, wo bereits seine Geschwister schliefen.

„Und ihr?", fragte Rainvaig die Freunde.

„Ich glaube, ich möchte noch einen kleinen Verdauungsspaziergang machen", sagte Leon spontan.

Kim schaute ihn etwas überrascht an. „Ja, warum nicht?", sagte sie.

Erik blickte von seinem Metkrug hoch: „Treibt euch aber nicht zu lange da draußen rum – ich kann morgen keine müden Krieger gebrauchen."

Leon, Kim, Julian und Kija schlüpften aus dem Hallenhaus in eine sternenklare Nacht hinaus.

Im Dorf war kaum noch etwas los. Die meisten Wikinger hatten sich schon in ihre Häuser zurückgezogen. Eine Katze schlich um einen Brunnen herum. Als sie Kija erblickte, machte sie einen Buckel, fauchte leise und verkrümelte sich dann aber. Die Freunde streiften ziellos eine Weile umher und genossen die klare, frische Luft.

Plötzlich blieb Leon stehen. War da nicht … doch, jetzt sah er es genau: Da schlich eine Gestalt zur Palisade!

Leons Puls beschleunigte sich. Er gab seinen Freunden ein Zeichen und deutete auf den hohen Zaun.

Jetzt hatte die Gestalt die Palisade erreicht. Sie schob ein Fass an den Zaun, kletterte darauf, zog sich an der Palisade hoch, schwang sich darüber und war verschwunden.

„Wer war das? Habt ihr ihn erkannt?", fragte Leon atemlos.

„Ne, keine Chance, viel zu dunkel", erwiderte Julian.

„Kommt, wir alarmieren Erik", rief Leon und flitzte los.

Erik brütete noch immer über seinem Met. Rainvaig leistete ihm Gesellschaft.

„Was, jemand hat heimlich das Dorf verlassen?", grummelte der Jarl, nachdem er Leons Bericht gelauscht hatte. Dann schlich sich ein Lächeln in sein Gesicht. „Wird einer dieser Feiglinge gewesen sein – Gardar oder wer auch immer, beim Odin!"

Rainvaig winkte ab. „Soll er doch. Bis morgen Früh müssen er und die anderen ohnehin unser Dorf verlassen. Macht euch keine Gedanken und legt euch jetzt hin."

Als Leon wenig später auf einer der ziemlich harten Bänke ruhte, dachte er über Rainvaigs Worte nach.

Macht euch keine Gedanken …

Doch Leon machte sich Gedanken. Es wollte ihm nicht einleuchten, dass sich die Gestalt heimlich aus dem Dorf geschlichen hatte. Gardar, oder wer immer

es gewesen war, hätte auch eines der Tore nehmen können. Aber offenbar hatte der Unbekannte Wert darauf
gelegt, dass man ihn beim Verlassen des Dorfes nicht
beobachtete …

# Ein blutiger Streit

Beim ersten Hahnenschrei wurden die Freunde, Leif und seine Geschwister von Rainvaig geweckt. Erik war bereits im Hafen.

Nach einem hastigen Frühstück, das aus Haferbrei mit Buttermilch und getrocknetem Hammelfleisch bestand, liefen auch sie alle zu den Booten, um beim Beladen zu helfen.

Unterwegs fiel Julian auf, dass Leif ein Schwert am Gürtel trug.

„Hat mir mein Vater zu meinem achten Geburtstag von Floki schmieden lassen", sagte Leif stolz, als er Julians Blick bemerkte. Er zog das Schwert aus der Scheide und ließ es lachend durch die Luft sirren. „Ich hatte leider noch keine Gelegenheit, es auszuprobieren. Aber vielleicht wird es mir in Grönland gute Dienste leisten."

Julian schluckte. Leif schien ja förmlich auf einen Kampf zu brennen!

Dann erreichten sie den Hafen. Dort zählte Julian mindestens fünfundzwanzig Schiffe, die gerade beladen wurden. Es handelte sich um die typischen Kriegsschiffe der Wikinger, die jeweils nur ein Segel hatten. Die Steven waren vorn wie hinten hochgezogen und mit gruseligen Drachenköpfen geschmückt. Die Decks waren offen und boten recht wenig Stauraum. Julian beobachtete, wie die Krieger ihre Schilde an der niedrigen Bordwand zwischen den Riemen befestigten. Dahinter konnten sie nun bei Bedarf in Deckung gehen.

Apropos Schild!, durchfuhr es Julian mit jäher Panik. Wenn der Schild, durch den sie das Dorf betreten hatten, hierblieb, hatten sie ein gewaltiges Problem. Schließlich konnte Tempus sie nur durch den Gegenstand wieder nach Siebenthann schicken, durch den sie ins Reich der Wikinger gelangt waren!

Julian ließ seinen Blick suchend über das Hafengelände schweifen. Wo war der Schild?

Ein Strom von Wikingern ergoss sich von den Stegen auf die Boote. Julian sah einige bekannte Gesichter: Halfdan, Ingolfur und Floki sowie einige der anderen Männer, die gestern Abend in Eriks Haus gewesen waren und die geheimnisvolle Karte gesehen hatten. Von Gardar war erwartungsgemäß nichts zu sehen.

Die Männer und Frauen schleppten und rollten alle möglichen Dinge heran. Einige trugen Körbe mit Brot, Obst und getrocknetem Fisch oder Werkzeuge wie Spaten und Sägen, andere rollten Fässer mit Wasser und Met, wieder andere wuchteten Segeltuch und Seile an Bord. Sogar mehrere kleine Webstühle gingen mit auf die Reise. Außerdem verstauten die Krieger natürlich ihre Waffen: gewaltige Schwerter, *Saxe*, Pfeil und Bogen sowie Speere.

Aber wo war der große Schild?

„He, steh da nicht rum und pack mit an!", rief Rainvaig grinsend. Sie deutete auf eine Schafherde, die gerade herangetrieben wurde. Die Tiere sprangen wild durcheinander und blökten aufgeregt.

„Öh ja, na klar", entgegnete Julian, der nicht so recht wusste, was er tun sollte. Fragend schaute er zu Leif – und hatte die Antwort.

Der junge Wikinger trieb die Schafe auf eine Planke zu. Widerwillig ließen sich die Tiere über das Brett an Bord eines Schiffes ziehen, schieben und zerren. Mehr oder weniger geschickt half Julian mit.

„Aus dir wird wahrscheinlich nie ein guter Hirte! So musst du das machen!", zog Leif ihn auf und versetzte einem Schaf einen Klaps auf den Hintern.

Julian gab sich wie Kim und Leon die größte Mühe, aber die Biester waren reichlich störrisch.

Neidvoll schaute der Junge zu Kija, die das hektische Treiben aus sicherer Entfernung betrachtete. Sie hockte neben einem Lagerschuppen. Für einen Moment hatte Julian das Gefühl, dass die Katze lächelte. War das möglich? Machte sich die schlaue Katze etwa über ihn lustig?

„Vorsicht!", brüllte Kim.

Ein besonders dickes Wollknäuel auf vier dünnen Beinen rumpelte gegen Julian und hätte ihn fast ins Wasser befördert.

Julian nahm sich zusammen. Wenn er sich weiterhin so dämlich anstellte, würde man ihn im Dorf zurücklassen.

Plötzlich geriet Erik in sein Blickfeld. Julians Miene hellte sich auf. Der Jarl beförderte gerade mit einem weiteren Mann den schweren Schild an Bord eines anderen Schiffes.

„He, Leif, ist das unser Boot?", fragte Julian hoffnungsvoll und deutete darauf.

Der Junge nickte. „Ja! Vater will mit dem Schild unser neues Dorf in Grönland schmücken!"

Julian war unendlich erleichtert – ihre Rückfahrkarte nach Siebenthann ging ebenfalls mit auf die Reise!

„Kurze Pause", verkündete Leif, sobald das letzte Schaf über die Planke bugsiert worden war, und winkte die Freunde zu Kija, die nach wie vor am Schuppen saß und sich gerade das Fell putzte.

„Grönland! Es wird herrlich werden!", schwärmte Leif einmal mehr. „Und alle Neider und Feiglinge wie Gardar oder Thorgest werden früher oder später erfahren, was für ein herrliches, reiches Land mein Vater entdeckt hat."

Julian stutzte. „Thorgest – wer ist das denn?"

Leif runzelte die Stirn. Sein Gesicht verdüsterte sich. „Thorgest ist der Grund, warum mein Vater verbannt wurde", sagte er leise. „Ein Jarl aus einem Nachbardorf, ein mächtiger Mann, groß und stark. Er hinkt, ist aber dennoch ein geschickter Krieger. Nicht so stark wie mein Vater natürlich, aber man soll ihn nicht unterschätzen."

„Und die beiden hatten Streit?", hakte Julian nach.

„Und wie!", stieß Leif heftig hervor. „Mein Vater hatte Thorgest Holzbalken geliehen, damit dieser sich ein Haus bauen konnte. Holzbalken sind ja bei uns sehr wertvoll, wie ihr wisst, denn das Holz der meisten Bäume, die bei uns wachsen, eignet sich nun mal nicht für den Hausbau. Nun ja, jedenfalls wollte mein Vater die Balken später wieder zurückhaben, aber Thorgest rückte sie nicht raus …"

„Und dann?"

Leif senkte die Stimme zu einem Flüstern. „Mein Vater trommelte ein paar Männer zusammen und zog vor Thorgests Haus. Doch Thorgest erwartete ihn bereits und lockte ihn in einen Hinterhalt. Es kam zum Kampf, bei dem zwei von Thorgests erwachsenen Söhnen erschlagen wurden. Dafür wurde mein Vater drei Jahre lang verbannt."

Leif blickte die Freunde empört an. „Das ist doch ungerecht, oder?"

Als Julian, Kim und Leon schwiegen, sagte Leif trotzig: „Aber die Balken musste Thorgest immerhin zurückgeben. Und letztendlich hat sich die Verbannung ja gelohnt!"

Julian nickte. Nun wussten sie genau, warum Erik verbannt worden war.

„Hopp, hopp, gefaulenzt wird nicht!", ertönte in diesem Moment Rainvaigs Stimme. „Bringt das Futter für die Tiere an Bord!"

Sofort sprang Leif auf.

Julian schaute seufzend zu Rainvaig, die eine andere Gruppe von Wikingern ins Visier genommen hatte und weitere Kommandos erteilte. Sie schien eine Menge zu sagen zu haben und alle schienen auf sie zu hören!

Also schleppten die Freunde nun Säcke und Kisten mit Futter herbei und verluden sie auf die Drachenschiffe. Als er zusammen mit den anderen zu einem der Lagerschuppen lief, bemerkte Julian einen Mann, der sich in der Nähe eines Fässerstapels herumdrückte und offensichtlich Wert darauf legte, dass man ihn nicht sah.

Julian schaute genauer hin. Sein Herz setzte einen Schlag aus. Das war ja Gardar, der Fischer! Er schien die Vorbereitung ihres Aufbruchs ganz genau zu beobachten …

# Reise ohne Wiederkehr

„Seht mal, wir haben Besuch", raunte Julian seinen Freunden zu.

„Ob er etwas plant?", überlegte Kim laut.

„Planen?", platzte Leif heraus. „Verschwinden soll er!" Er stieß einen schrillen Pfiff aus und alarmierte so seine Eltern.

Erik setzte sich sogleich mit einigen Männern, darunter Ingolfur und Floki, in Bewegung. Aber auch Rainvaig war dabei – bewaffnet mit einem Knüppel, der Kim entfernt an das Nudelholz ihrer Mutter erinnerte.

Kim sah mit Schrecken, dass Erik sein Schwert zog.

Augenblicklich ergriff der Fischer die Flucht. Er stolperte einen Weg entlang, schob zwei Frauen grob beiseite und entschwand ihren Blicken.

„Sollen wir ihn dir holen, Erik?", knurrte Floki angriffslustig.

„Nein, lass den Hasenfuß rennen", entschied der Jarl und rammte sein Schwert zurück in die Scheide. „Wir

52

haben keine Zeit für solche Spielchen, es gibt genug zu tun. Ich will, so schnell es geht, aufbrechen!"

„Richtig", sagte nun auch Rainvaig. „Auf geht's, bei *Freya*!"

Und so halfen die Freunde weiter mit, die Schiffe zu beladen. Kim beobachtete grinsend, wie sich Julian mit einigen extrem widerspenstigen, quiekenden und grunzenden Schweinen abkämpfte, während sie selbst zusammen mit Leon ein Trinkwasserfässchen herbeirollte. Dann wurden die Gefährten dazu eingeteilt, Felle an Bord zu bringen.

Schließlich war es endlich so weit: Fünfundzwanzig Schiffe mit etwa siebenhundert Wikingern, deren Hausstand, ungezählten Schweinen, Rindern, Schafen und Ziegen sowie einem großen Schild verließen den Hafen. Unter einem bleigrauen Himmel segelte die Flotte hinaus aufs Meer, angeführt von Eriks Drachenboot und vorangetrieben von einer steten Brise.

Leif stand mit den Gefährten am hinteren Steven. Er blickte starr auf das Dorf zurück, das langsam immer kleiner wurde.

„Auf Wiedersehen", wisperte der Wikingerjunge und schniefte.

Kim schaute ihn von der Seite an. Weinte er etwa?

Doch in diesem Moment ging ein Ruck durch Leifs schmalen Körper. „Nein!", rief er. „Es gibt kein Wiedersehen. Und das ist gut so!"

Erleichtert über Leifs Stimmungsumschwung setzte sich Kim auf eine der schmalen Bänke. Kija sprang auf ihre Knie und rollte sich dort zusammen.

Kim wusste, dass Kija Wasser nicht mochte – und eine womöglich tagelange Bootstour war für die Katze garantiert ein ziemlicher Albtraum. Das Mädchen begann, Kija zu streicheln, und spürte, wie sich das schöne Tier entspannte. Bald war ein wohliges Schnurren zu hören.

Kim blickte nach vorn. Knapp dreißig Personen mochten an Bord sein. Am vorderen Steven stand Erik, den Blick nach Westen gerichtet. Neben ihm waren Rainvaig und Ingolfur. Die anderen Wikinger hatten sich einen Platz zwischen den Werkzeugen, den Säcken mit Saatgut, den Vorräten und den wegen des schwankenden Untergrunds sehr nervösen Tieren gesucht. Schweine und Schafe waren dicht zusammengepfercht worden, um sie daran zu hindern, in Panik kreuz und quer über das schwer beladene Boot zu stürmen.

Stunde um Stunde kamen sie gut voran. Der Wind blies zuverlässig von Osten und Kim sah, dass Erik zufrieden lächelte.

„Wir segeln nicht nach Grönland, wir fliegen dorthin wie Vögel!", brüllte er übers offene Deck.

Zustimmendes Gelächter und Beifall waren die Antwort.

Doch als die Dämmerung hereinbrach, flaute der

Wind plötzlich ab. Bald hingen die Segel schlapp an den *Rahen.*

„Verdammt!", hörte Kim den Jarl fluchen. „Wir dürfen nicht vom Kurs abkommen. Also müssen wir rudern. Alle Mann an die Riemen!"

Der Befehl wurde von Schiff zu Schiff weitergegeben und bald klatschten die ersten Riemen ins Wasser, begleitet von gleichförmigen Kommandos.

„He, ihr Krümel, ran an die Arbeit!", rief Erik in die Richtung seines Sohnes und der Gefährten.

„Ich hab's befürchtet", grummelte Kim und strich Kija übers Köpfchen. „Ich glaube, du musst mich entschuldigen!"

Die Katze glitt zu einem Wasserfass neben der Bank und bezog darauf Stellung.

Wie die anderen griff Kim nun zu den Riemen. Links neben ihr saß Leif, dann folgten Leon und Julian, die sich ebenfalls mit einem der Ruder abmühten. Während der Arbeit registrierte Kim, dass auch Erik und Rainvaig mitruderten. Erwartungsgemäß gab der Jarl an Bord ihres Schiffes die Kommandos.

„Müssen wir etwa die ganze Nacht durchrudern?", fragte Kim Leif leise.

„Wenn es keinen Wind gibt, dann bleibt uns nichts anderes übrig." Leif seufzte. „Doch vielleicht teilt mein Vater uns auch in zwei Gruppen ein. Die einen rudern, die anderen dürfen sich ausruhen."

Au Backe, dachte Kim. Hoffentlich regte sich bald wieder ein Lüftchen!

Dann konzentrierte sie sich wieder ganz auf ihre eintönige, kräftezehrende Arbeit. Schon bald schmerzten ihr Rücken und ihre Arme.

Wenig später wurde es dunkel. Das Meer glich schwarzer Tinte und Kim sah eine schmale, weiße Mondsichel, begleitet von den ersten, kalt funkelnden Sternen am Himmel.

Niemand an Bord sprach. Das Einzige, was zu hören war, war das monotone Geräusch, wenn die Riemen ins Wasser eintauchten.

Doch da vernahm Kim einen warnenden Maunzer von Kija.

Das Mädchen blickte zu der Katze, die nach wie vor auf dem Fass kauerte. Ihr Körper verriet höchste Anspannung.

Hatte Kija Angst?, überlegte Kim. Aber wieso ausgerechnet jetzt? Das Drachenboot schwankte doch kaum!

Oder war es etwas anderes?

Nun fauchte das Tier.

Mit zunehmender Nervosität schaute Kim sich um. Nichts, nur das weite Meer und die Schemen der anderen Boote neben und hinter ihnen. Doch Kija hatte schon oft als Erste eine Gefahr gespürt. Kim war also auf der Hut. Sie schaute wieder nach vorn. Und was sie jetzt sah, ließ ihr das Blut in den Adern gefrieren.

Mehrere Schiffe kamen auf sie zu. Boote mit geschwungenen Steven und Drachenköpfen, bedrohliche Schattenrisse vor dem düsteren Himmel. Und vorn auf dem ersten Schiff stand ein großer Mann, der etwas nach oben reckte. War es ein Schwert? Eine Streitaxt?

Ein Warnruf gellte über das Meer.

„Wir werden angegriffen!", brüllte Leon fast in derselben Sekunde.

Wie gelähmt vor Angst starrte Kim weiter nach vorn.

Die anderen Boote flogen förmlich auf sie zu. Es waren zehn, nein, bestimmt fünfzehn Drachenschiffe, schätzte das Mädchen. Die Umrisse des Mannes auf dem ersten Boot wurden immer größer. Jetzt erkannte das Mädchen, dass er eine riesige Axt in den Himmel reckte. Ein furchtbarer Kampfschrei ertönte.

Die Antwort ließ nicht lange auf sich warten.

„Zu den Waffen!", brüllte Erik.

Kim erwachte aus ihrer Erstarrung. Sie sah, wie Leif sein Schwert zog und auf die Bank sprang.

„Nein, du doch nicht!", rief das Mädchen entsetzt und wollte ihn zurückziehen.

„Lass mich!", erwiderte Leif und schüttelte Kim ab. Er drängelte sich nach vorn zu seinem Vater.

Kim schnappte sich die zitternde Kija und rutschte zu Leon und Julian hinüber. Gemeinsam gingen sie hinter den auf die Bordwand aufgesteckten Schilden in Deckung.

Das Mädchen spähte über den Rand eines Schildes. Gleich waren die Angreifer da! Voller Panik sah sie einen Schwarm von Pfeilen von den anderen Booten aufsteigen. Die todbringenden Geschosse surrten genau auf sie zu! Und Leif stand schutzlos auf einer der Bänke, das kleine und jetzt so nutzlose Schwert erhoben.

„Leif!", schrie Kim. „Nein!"

Die Pfeile sausten dicht über ihre Köpfe hinweg und rauschten ins Meer, ohne Schaden anzurichten.

Kim atmete einmal tief durch.

Doch dann rammte das erste Boot der Angreifer das Drachenschiff der Freunde. Es gab einen heftigen Schlag. Der Rumpf erbebte, das Boot wurde ruckartig nach hinten geschoben und alles flog durcheinander: Krieger, Frauen, Kinder, Tiere und Fracht.

Kim krachte auf die Planken und fand sich neben einem blökenden Schaf wieder.

War das Schiff heil geblieben oder sanken sie?, durchfuhr es das Mädchen. Ängstlich lauschte es, wartete auf ein verdächtiges Geräusch, ein Gurgeln oder ein Plätschern. Aber nichts dergleichen war zu hören.

Als Kim sich aufrappelte und mit Leon, Julian und Kija hinter einigen Fässern Deckung suchte, sah sie, dass fremde Krieger aufs Deck stürmten. Sie schwangen Langschwerter, Saxe und Streitäxte und heulten wie ein Rudel ausgehungerter Wölfe. Einige von ihnen waren vermummt.

Doch sogleich warfen sich ihnen die Verteidiger entgegen, angeführt von Erik. Kim registrierte, dass Rainvaig ihren Sohn zurückreißen musste, damit dieser sich nicht einmischte.

Hart prallten die Kampfreihen gegeneinander. Erik schaufelte mit seinem Schild zwei der Fremden über Bord, den dritten streckte er mit seinem Schwert nieder. Floki ließ einen großen Schmiedehammer kreisen, Rainvaig ein offenbar beim Zusammenstoß der Schiffe abgebrochenes Ruder. Damit schlug sie eine regelrechte Schneise in die Reihen der Angreifer, die prompt zurückwichen. Sofort setzten Eriks Leute nach und jagten die verbliebenen Feinde von Bord. Das andere Boot zog sich zurück.

„Sieg!", grölte Erik.

Voller Sorge schaute Kim zu den anderen Booten der Flotte. Dort wurde noch gekämpft – wie stand es um die anderen Siedler?

# Im Sturm

„Los, wir helfen ihnen!", brüllte Erik.

„Genau, beim Tyr!", rief Leif und ließ sein Schwert durch die Luft sausen.

Rainvaig warf ihm einen warnenden Blick zu und Leif grinste etwas unsicher.

Es waren genügend Ruder heil geblieben, um das Schiff voranzutreiben, und so kam Eriks Besatzung den anderen in Windeseile zu Hilfe. Wieder erklangen Schwerterklirren und Schmerzensschreie.

Leon und seinen Freunden gelang es erneut, sich aus der Schlacht herauszuhalten. Erleichtert sah der Junge, wie auch diese Angreifer zurückgeschlagen wurden. Schließlich verschwanden sie samt ihren Booten in der Nacht.

„Wir verfolgen sie!", schlug Leif vor.

„Nein", entschied sein Vater. „Das macht keinen Sinn. Unsere Boote sind zu schwer beladen, wir wären viel zu langsam."

Schmollend zog sich Leif auf eine der Ruderbänke zurück.

„Ist jemand verletzt?", hallte die Stimme des Jarls durch die Dunkelheit.

Auf seinem eigenen Schiff gab es nur fünf Leichtverletzte, die Schnittwunden und Prellungen davongetragen hatten. Rainvaig kümmerte sich darum. Leon, Kim und Julian halfen beim Anlegen von einfachen Verbänden aus Stoff.

Auch auf den anderen Booten waren nur wenige Verletzte zu beklagen, und vor allem war niemand bei dem Angriff getötet worden, erfuhr Leon, während er Flokis blutenden Unterarm einwickelte.

„Ist doch nur ein Kratzer!", murrte der Schmied, ließ die Behandlung aber über sich ergehen.

Dann wurde das Schiff kontrolliert. Es war fast unversehrt geblieben, nur einige Ruder waren zerbrochen. Auf den anderen Schiffen sah es ähnlich aus. Während der Bestandsaufnahme wurde wild spekuliert, wer die Angreifer gewesen sein könnten. Aber niemand hatte irgendeinen der Feinde erkannt – so blieb es bei Spekulationen.

„Das war bestimmt Gardar mit seinen Männern", vermutete Leif, als sie wieder zu rudern begannen.

„Ja", stimmte Leon ihm zu. „Das erklärt auch, warum einige der Kerle vermummt waren."

„Ein Glück, dass wir die Feinde vertrieben haben. Jetzt wird alles gut", rief Erik seinen Leuten zu.

Davon war Leon keineswegs überzeugt. Wer hinderte

die Angreifer daran, einen zweiten Versuch zu wagen? Aber er hütete sich, seine Zweifel laut zu äußern.

Wenig später teilte der Jarl die Ruderschichten ein. Die Freunde gehörten zur ersten Schicht. Bald, so verkündete Erik, würden sie sich für kurze Zeit ausruhen dürfen.

Diese Aussicht gab Leon und den anderen neue Kraft und sie legten sich mächtig ins Zeug.

Als dann auch noch Wind aufkam und das Segel blähte, stieg Leons Laune endgültig. Die Riemen wurden eingeholt und alle versuchten, ein wenig zu schlafen. Nur zwei Männer blieben wach: Floki und Erik. Sie waren dafür verantwortlich, dass der Kurs eingehalten wurde.

„Wie machen die das?", wollte Leon wissen, der wusste, dass die Wikinger keine Navigationsgeräte wie einen Kompass besaßen.

Leif hob die Schultern. „Och, die beobachten die Sterne und orientieren sich irgendwie daran. Und wir machen es uns nun ein wenig gemütlich!"

Der junge Wikinger organisierte bei Rainvaig ein paar Felle. Dann suchten sie sich ein freies Plätzchen, was angesichts der drangvollen Enge an Bord nicht leicht war. Schließlich wurden sie am Hintersteven fündig – zwischen dicken Taurollen und dem prächtigen Rundschild, der einmal das neue Dorf in Grönland schmücken sollte.

Leon war froh über die Felle, in die er sich kuschelte. Denn der Wind frischte immer mehr auf und strich inzwischen unangenehm kühl über das Deck. Der Junge mummelte sich dick ein. Ihm gegenüber lagen Julian und Kim, die Kija mit unter das Fell genommen hatte, das ihr als Zudecke diente. Die Katze blinzelte Leon zu und der Junge streckte eine Hand aus, um ihr über das Köpfchen zu streicheln.

Dann schloss er die Augen und das Auf und Ab der Wogen wiegte ihn in einen tiefen Schlaf.

Stunden später schreckte er hoch. Etwas Nasses war in sein Gesicht gespritzt. Irritiert schaute er sich um. Es mochte früh am Morgen sein. Auch Kim und Julian waren schon wach. Beunruhigt registrierte der Junge, dass sich das Schiff hob und senkte wie ein schwimmendes Pferd. Der Seegang hatte stark zugenommen. Gischt spritzte hoch und einige salzig schmeckende Tropfen trafen erneut Leons Gesicht.

Kija hatte sich unter den Fellen verkrochen. Nur ihr Näschen lugte hervor.

Der Himmel war von einem düsteren Grau. Dicke, schwarze Wolkenungetüme jagten dort entlang. Der Wind war zu einem schweren Sturm geworden.

Erik und einige andere Männer hatten alle Hände voll zu tun, das prall geblähte Segel unter Kontrolle zu halten, das mit Seilen am Mast und über Winden am Schiffskörper befestigt war. Der Mast ächzte und stöhnte unter den heftigen Böen. Wer keine Aufgabe hatte, duckte sich hinter die Schilde. Die Tiere waren noch unruhiger als zuvor.

„Tolles Wetter, was?", brüllte Leif Leon zu.

„Toll, wieso?", fragte Leon, der froh war, dass weder er noch Kim oder Julian schnell seekrank wurden.

„Weil wir so schneller nach Grönland kommen!", jubelte Leif.

Oder absaufen, dachte Leon, hielt aber erneut besser den Schnabel. Ein weiterer Windstoß packte das Drachenboot und rüttelte es heftig durch. Der Rumpf knarrte wütend.

„Wäre es jetzt nicht besser, das Segel einzuholen?", zischte Leon Julian zu.

„Garantiert", entgegnete sein Freund. „Ich glaube nur nicht, dass Erik das für eine gute Idee hält."

So war es. Der Jarl dachte offensichtlich gar nicht daran, die Fahrt zu verlangsamen.

„Vorwärts, beim Odin!", brüllte er gegen den tosenden Sturm.

Das Schiff schleppte sich über eine steile Welle, überwand den Kamm und stürzte auf der anderen Seite wieder hinunter. Gischt schoss über das Deck und lief durch die Rinnen an den Seiten wieder ab.

Die Wolken schlossen sich zu einem drohenden Verband zusammen und aus ihren schwarzen Bäuchen begann kalter Regen zu prasseln. Die Freunde drängten sich aneinander, die Felle über die Köpfe gezogen. Kija zitterte am ganzen Körper und Leon, der außen auf der Bank saß, streichelte sie, um sie zu beruhigen.

Das Drachenschiff erklomm eine weitere Woge, der Vordersteven bohrte sich förmlich in den finsteren Höllenhimmel, der Mast knarzte verdächtig, dann ging es erneut hinunter. Als das Boot im Tal aufprallte, bebten und knackten die Planken. Das Schiff schüttelte sich wie ein nasser Hund.

Und jetzt, endlich, gab Erik das Kommando, das Segel einzuholen. Männer schlitterten über das glitschige Deck und begannen mit der gefährlichen Arbeit.

Ein greller Blitz erhellte die gespenstischen Gesichter an Bord, gefolgt von einem dumpfen Donner. Der Regen pladderte jetzt mit ungezügelter Heftigkeit. Dann folgte Blitz auf Blitz, Donner grollte nach Donner. Der Sturm wuchs sich zu einem Orkan aus.

„Wir sind verloren", schluchzte jemand ganz in Leons Nähe.

Ein anderer murmelte ein Gebet.

Ihr Boot wurde jetzt auch seitlich von Brechern getroffen, und Leon hatte das dumme Gefühl, dass niemand mehr in der Lage war, das Schiff überhaupt noch zu steuern. Sie trieben offenbar hilflos über das Meer, ein Spielball der üblen Launen des Wetters!

Und dann sah Leon etwas, was ihm den Atem verschlug. Als wieder ein Blitz die Szenerie erhellte, erblickte er mehrere Schiffe, die sie offenbar mühelos überholten!

Das konnten unmöglich Boote aus ihrer eigenen Flotte sein, ahnte der Junge. So schnell waren die niemals! Aber was für Schiffe waren es dann? Etwa die der Angreifer?

Zack, noch eine dieser tückischen seitlichen Wellen! Leon hatte größte Mühe, sich festzuhalten – aber nicht nur er. Kija verlor den Halt auf der nassen Bank!

Mit Entsetzen sah der Junge, wie das Tier trotz ausgefahrener Krallen auf die Bordwand zurutschte.

„Kija!", gellte Leons verzweifelte Stimme. Er machte einen Hechtsprung und bekam die Katze zu fassen. Der Junge presste das panische Tier fest an sich. „Dich lass ich nicht mehr los", versprach er Kija.


Erst gegen Mittag gab der Orkan endlich Ruhe. Der Regen zog weiter, es klarte auf, der Seegang ließ nach.

Erik versuchte, sich einen Überblick zu verschaffen: Welche Schiffe hatten den Sturm unbeschadet überstanden?

Die Bilanz war erschreckend. Elf der fünfundzwanzig Schiffe waren untergegangen oder umgedreht. Einige der übrig gebliebenen Boote waren beschädigt, ihre Segel waren zerfetzt und mussten ersetzt werden.

„Ob wir jetzt auch umdrehen?", fragte Kim leise.

„Weiß nicht", erwiderte Leon. „Aber die Fahrt steht unter keinem guten Stern. Erst der Angriff, dann das Unwetter … Gut, dass Kija nichts passiert ist."

„Oh ja", sagte Julian. „Und der Schild ist übrigens auch noch da."

Leon nickte – ein Glück!

Die verbliebenen Schiffe bildeten einen Kreis um Eriks Drachenboot. Die Verletzten wurden notdürftig verarztet. Dann hielt der Jarl eine Rede. Er beschwor seine Leute, ihm weiter zu folgen.

Als Erik fertig war, gab es auf den Booten rege Diskussionen. Nach einigem Hin und Her stimmten aber alle dafür, den Kurs beizubehalten.

„Sehr gut, beim Odin! Dann auf nach Grönland!", jubelte Erik.

# Ein göttliches Hühnchen

Weitere fünf Tage waren vergangen. Julian stand im Bug des Drachenbootes, neben sich seine Freunde und Erik. Das Meer war fast so glatt wie ein Spiegel und ein steter Wind trieb sie zügig voran. Sogar die Sonne spitzte hin und wieder zwischen vereinzelten Wolken hervor.

Entspannt schaute Julian über die See. Die vergangenen Tage waren ohne weitere Zwischenfälle verlaufen. Die Flotte war gut vorangekommen und inzwischen hatte sich an Bord eine nervöse Erwartungshaltung breitgemacht: Wann kam Grönland in Sicht?

Plötzlich bemerkte Julian einen Vogel, der ganz in ihrer Nähe vorbeiflog.

„Was ist das für ein Vogel?", fragte er Erik.

„Ein Vogel? Wo?", erwiderte der Jarl elektrisiert.

Julian deutete nach Nordwesten.

Erik beschattete die Augen mit der Hand. „Ich fasse es nicht!", stieß er glücklich glucksend hervor. „Das ist ein *Thorshühnchen*!"

„Ein was?", fragte Julian und musste sich stark zurückhalten, um nicht laut loszuprusten.

„Ein Thorshühnchen, benannt nach unserem Gott *Thor*!", wiederholte der Jarl und deutete auf seine rötliche Haarpracht. „Das sieht man doch am roten Gefieder. Dass wir ein Thorshühnchen gesichtet haben, bedeutet nichts anderes, als dass wir uns in der Nähe von Land befinden. Denn dort brüten diese Vögel!"

Die Nachricht verbreitete sich wie ein Lauffeuer an Bord. Jubel wurde laut, auch auf den anderen Schiffen.

Julian starrte in die Richtung, die das Hühnchen mit dem göttlichen Namen genommen hatte. Und wenig später tauchte eine gewaltige Insel auf!

„Land! Land in Sicht!", schrie Julian und begann, aufgeregt von einem auf das andere Bein zu treten.

„Ja, wir haben es geschafft, das ist Grönland! Seht nur die grünen Hänge!", brüllte Erik. Er war ganz aus dem Häuschen. „Ich habe es euch doch immer gesagt! Die Insel ist grün, ganz grün!"

Langsam wuchs eine leicht gewellte, von *Fjorden* tief eingekerbte Landmasse vor ihren Augen aus dem Meer. Am nördlichen Horizont erhob sich eine Bergkette.

Je näher sie kamen, umso begeisterter war Julian. Die blaugrünen Fjorde wurden von saftigen, mit Wildblumen bunt getupften Wiesen gesäumt, über denen *Kolkraben* und Möwen kreisten. Als sie nur noch fünfzig Meter von der Küste entfernt waren, entdeckte der Junge auch *Polarhasen* und einige *Rentiere* zwischen

den zum Teil bemoosten Felsen. Birken und Erlen wiegten sich im Wind. Daneben duckten sich zahlreiche Büsche, darunter viele Wacholderpflanzen. Das grüne Land war von herber Schönheit. Eine schüchterne Sonne beschien die Szenerie. Es mochte um die zehn Grad über null sein.

Weit und breit war keine Menschenseele zu sehen, stellte Julian erleichtert fest. Leon hatte ihm und Kim von den mysteriösen Booten erzählt, von denen sie während des verheerenden Sturms überholt worden waren. Wer hatte diese Schiffe gesteuert? Die furchterregenden Krieger, die sie angegriffen hatten? Gardars Leute? Aber vielleicht hatten diese Schiffe ja auch ein anderes Ziel gehabt als Eriks grünes Land, vielleicht waren diese finsteren Seefahrer ganz woanders auf dem Meer unterwegs, um Beute zu machen. Julian hoffte inständig, dass dem so war.

Erik hatte seine Karte hervorgeholt und studierte sie. „Ach, die brauche ich gar nicht", rief er dann. „Ich erkenne alles wieder. Wir müssen nur noch um diese Felsnase herum, dann sind wir da – in meinem Fjord!"

„In *unserem*", korrigierte ihn Rainvaig, die gerade hinzugetreten war, milde.

„Natürlich, in unserem", sagte der Jarl rasch.

Sie fuhren in den Fjord hinein und kurz darauf knirschte der Kies unter dem Kiel von Eriks Drachenboot. Auch die anderen dreizehn Schiffe landeten in der malerischen Bucht an und etwa vierhundert Siedler – je rund einhundert Frauen und Männer sowie zweihundert Kinder – betraten die Insel. Angesichts der seltenen Gäste ergriffen einige *Sattelrobben*, die am Strand in der Sonne gedöst hatten, die Flucht.

„Das hier", verkündete Erik und breitete die Arme aus, „das hier ist unsere neue Heimat, liebe *Landnámsmen*!"

Die Männer schlugen zum Zeichen der Zustimmung auf ihre Schilde, Frauen und Kinder klatschten.

„Und auch wenn noch kein Haus steht, so habe ich doch schon einen Namen für diese Siedlung!", verkündete der Jarl als Nächstes: „*Eystribygd!*"

Wieder gab es Zustimmung.

Erik hob die Hand. „Wir sollten keine Zeit verlieren!", rief er. „Ladet die Tiere und alles andere ab. Dann beginnen wir mit dem Bau der Häuser und der Ställe. Mein Haus wird dort drüben stehen." Er deutete auf ein kleines Plateau an einem Hang.

„*Unser* Haus", verbesserte Rainvaig ihn.

„Ja, ja, schon gut", brummelte der Jarl ungeduldig. „Auch dieses Haus hat schon einen Namen: *Brattahlid*. Und jetzt: Ran an die Arbeit!"

„Ich glaube, ich werde wieder zum Hirten!", ächzte Julian.

„Richtig, auf geht's, du Schaf!", lästerte Kim.

Zusammen mit Leon und Leif begannen sie, einfache Gatter zu zimmern, in die die Tiere getrieben werden sollten. Zum Bau der Gatter nahmen sie Treibholz, das es massenhaft am Strand gab, sowie das Holz von Birken, die hastig gefällt wurden.

Im Anschluss daran schleppten die Freunde Hausrat, Werkzeug, Proviant und Saatgut an Land. Kija suchte sich ein gemütliches Plätzchen auf einer Taurolle und schaute zu.

Während die Gefährten arbeiteten, kamen die elf wichtigsten Männer, unter ihnen auch Halfdan, Floki und Ingolfur, zusammen. Als Julian an ihnen vorbeiging, hörte er, dass sie besprachen, welche Familie wo siedeln sollte. Mit Steinen wurden Grundstücksgrenzen und der Verlauf der Wege im künftigen Dorf markiert.

Julian sah, dass Eriks Haus über den anderen thronen würde wie ein kleines Schloss. Und er entdeckte noch etwas anderes und das gefiel ihm ganz und gar nicht: Ein Rudel Wölfe beobachtete aus sicherer Entfernung das geschäftige Treiben am steinigen Strand. Prompt wurden die Schafe unruhig.

Einer der Männer schoss einen Pfeil in die Richtung des Rudels und die Wölfe verschwanden.

Julian wandte sich wieder den Schiffen zu. Es würde vermutlich den ganzen Tag dauern, sie zu entladen.

„Irre, hier wimmelt es von Fischen", rief in diesem Moment Leif, der im Boot stand und einen kleinen

Sack mit Saatgut geschultert hatte. „Ich habe schon ganz viele Lachse gesehen! Mein Vater hat Recht: Hier scheint es wirklich alles im Überfluss zu geben! Ist das nicht herrlich?"

Julian nickte.

Sein Freund schnaufte verächtlich. „Weißt du noch, wie dieser Dummkopf Gardar alles miesgemacht hat? Und jetzt sitzt er irgendwo in unserer alten Heimat. Wahrscheinlich würde er sich vor Wut in den Hintern beißen, wenn er wüsste, wie schön es hier ist!"

Ja, dachte Julian, aber vielleicht ist Gardar auch schon längst hier, weil er auf den Booten war, die uns überholt haben ... Vielleicht sehen wir ihn bloß nicht, weil er sich gut  versteckt hat und nur auf eine Gelegenheit wartet, sich für den Rauswurf aus dem alten Dorf zu rächen.

Am späten Nachmittag waren die Boote endlich entladen und die Wikinger begannen mit dem Bau ihrer Häuser. Erik erklärte den Gefährten, dass deren Wände aus aufeinandergeschichteten Steinen errichtet werden würden.

„Damit der Wind nicht reinpfeift, stopfen wir Grassoden in die offenen Fugen zwischen den Steinen", verdeutlichte der Jarl und zeigte ihnen, wie es ging. „Später kommen noch die Dächer drauf. Die bauen wir uns aus Treibholz und dichten sie ebenfalls mit

Grassoden ab. Wenn jeder jedem hilft, sind wir in einer Woche damit fertig."

Und bis dahin müssen wir unter freiem Himmel schlafen, dachte Julian, der froh war, dass er körperlich hart arbeiten musste. Sonst hätte er garantiert angefangen zu frieren.

Aber auch niemand von den anderen hatte Gelegenheit zu frieren. Alle packten mit an, alle gaben alles. Julian las in den Gesichtern, dass die Siedler trotz aller Strapazen mit großer Begeisterung bei der Sache waren. Immer wieder hörte er Lachen. Und als Erik dann auch noch mit einer feierlichen Geste den großen Schild an einem angeschwemmten und etwas krummen Baumstamm am künftigen Eingang der Siedlung befestigte, ertönte von allen Seiten lauter Beifall.

Die Wikinger achteten vor allem darauf, ihre Ausrüstung trocken zu lagern. Einfache Dächer aus Treibholz, die über Kuhlen gelegt wurden, boten einen ersten Schutz vor Regen und Wind.

„Wenn wir das Werkzeug verlieren oder das Vieh von Wölfen gerissen wird, sind wir womöglich verloren", schärfte der Jarl seinen Leuten ein. „Also haltet die Augen auf!"

Einige Stunden später leuchteten mehrere Feuer am Strand. Die Wikinger hatten sich um die Flammen geschart, das eine oder andere Fässchen Met war geöffnet worden, rauer und etwas schräger Gesang erschallte.

Julian, Kim und Leon hockten neben Leif auf vom Wasser rund geschliffenen Steinen und lauschten den Liedern. Später trat Ingolfur nah ans Feuer und begann, eine Geschichte zu erzählen, die von schönen Feen und bösartigen Kobolden, aber auch vom herrlichen *Asgard* und dem unheimlichen *Hel* handelte. Es ging um Liebe, Verrat und furchtbare Schlachten, bei denen die Köpfe reihenweise rollten.

Julian hörte fasziniert zu. Ingolfur war ein begnadeter Erzähler. Alle hingen an seinen Lippen, niemand wagte es, ihn zu unterbrechen.

Als die spannende und ausgesprochen schaurige und blutrünstige Geschichte zu Ende war, bekam Julian von Erik den Auftrag, ein neues Fässchen Met herzutragen. Sofort sprang der Junge auf und lief zu einem der provisorischen Unterstände.

Als er sich gerade bücken wollte, um nach dem Fässchen zu greifen, hielt er inne. Ein Geräusch war an seine Ohren gedrungen. Es hatte so geklungen, als seien kleine Steine ins Rollen geraten.

Julian drehte sich um und schaute zum Meer. Waren die großen Robben wieder an Land gekommen und hatten das Geräusch verursacht?

Aber nein, dort hockten nur die Wikinger an ihren Feuern.

Der Junge schaute wieder nach vorn. Rechts neben ihm begann der Hang, auf dem Erik sein Haus errichtete. Und am Fuß des Hanges lag ein kleiner Haufen Kiesel ... Waren die Steinchen etwa gerade heruntergerutscht? Aber wer oder was hatte sie in Bewegung gesetzt?

Der Blick des Jungen wanderte den Hang hinauf. Der Mond stand schmal und weiß über der Hügelkette.

Julian erstarrte. Da oben waren einige Gestalten, kaum mehr als schwarze Schatten gegen den tiefgrauen Himmel, halb verborgen hinter großen Steinen. Der Junge hätte schwören können, dass sie in seine Richtung starrten. Und eine der Gestalten hatte einen großen Bogen in der Hand.

Wer waren diese Leute?

Julian wurde vor Angst eiskalt. Vorsichtig machte er einen Schritt zurück, einen Schrei auf den Lippen. Doch er beherrschte sich. Wenn er jetzt um Hilfe rief, würden die Fremden womöglich mit ihren Pfeilen auf ihn schießen.

In diesem Moment geschah etwas Unerwartetes. Ein leises Kommando ertönte, dann zogen sich die Gestalten zurück und verschmolzen mit der Dunkelheit.

# Flammen in der Nacht

Kim sah Julian heranhasten – ohne das Fass mit Met.

„Was ist denn …" Sie brach den Satz ab, als Julian die Feuerstelle erreichte und sie sein Gesicht sehen konnte. Irgendetwas musste passiert sein.

„He, Junge, wo ist der Met?", rief Erik ungehalten, bevor Kim fragen konnte, was los war.

„Ich … ich habe ihn vergessen", stammelte Julian.

„Vergessen?", polterte der Jarl. „Hast du vielleicht am Met genascht und das ein wenig zu reichlich? Auf einer so kurzen Strecke kann man doch nichts vergessen, beim Odin!"

„Nein, ich habe keinen Met getrunken", erwiderte Julian und deutete zum Unterstand. „Ich habe … etwas gesehen."

Erik erhob sich schwerfällig und kam auf Julian zu. „So – was hast du denn gesehen, mein kleiner Freund?"

„Unbekannte Krieger", erwiderte Julian. „Sie sind ganz in der Nähe unseres Lagers."

Der Jarl lachte dröhnend. „Wer soll das gewesen

sein, hä? Niemand ist in Grönland, außer uns natürlich! Denn das ist unser Land!"

Julian verschränkte trotzig die Arme vor der Brust. „Doch, da waren Leute, ich bin mir ganz sicher!"

Kim glaubte Julian aufs Wort. Julian war niemand, der sich so etwas ausdachte.

Erik ließ seine rechte Pranke auf Julians Schulter krachen, sodass der Junge ein wenig in die Knie ging. „Unsinn, da war niemand. Das hast du dir nur eingebildet. Als Leif ein kleiner Junge war, da hat er …"

„Das ist schon lange her!", krähte Leif sofort.

„Natürlich, mein Sohn!", besänftigte Erik ihn. „Ich wollte nur sagen, dass sich Leif vor vielen, vielen Jahren auch sehr gefürchtet hat, wenn Ingolfur seine schaurigen Geschichten erzählt hat. Anschließend konnte er oft nicht richtig schlafen!"

„Quatsch!", protestierte Leif.

Kim warf Julian einen Blick zu. Er schien einen Moment mit sich zu ringen, ob er auf seiner Geschichte beharren sollte. Doch dann wandte er sich ab und sagte nur: „Ich hole jetzt das Fass."

Kim und Leon sprangen auf und begleiteten ihn.

„Hast du irgendjemanden erkannt?", fragte Kim leise.

„Nein, es war viel zu dunkel. Zu dumm, dass Erik mir nicht glaubt", erwiderte Julian.

„Vielleicht hat er Angst davor, dass seine Leute nervös werden und wieder zurück in ihre alte, sichere Heimat wollen", mutmaßte Kim. „Damit wäre sein Ruf als strahlender Entdecker und Anführer zerstört."

„Da könntest du natürlich Recht haben", sagte Julian. „Hoffentlich stellt er heute Nacht wenigstens Wachen auf."

Es war nicht das letzte Mal, dass die Freunde Metfässer heranschaffen mussten. Endlich, es war bestimmt bereits weit nach Mitternacht, legten sich die Wikinger schlafen. Einige rollten sich am Feuer in ihre Felle und Decken, andere suchten sich einen Schlafplatz bei oder in den Unterständen.

Auch Kim, Leon, Julian und Kija entschieden sich für diese Alternative, denn falls es regnen sollte, waren sie hier besser geschützt. Also schlüpften sie in einen etwa einen Meter hohen Unterstand, in dem allerlei Lebensmittel gelagert waren und dessen Notdach aus Treibholz bestand.

„Ist bei euch noch ein Plätzchen frei?", hörte Kim Leif rufen. Der junge Wikinger stapfte mit seinen Fellen heran.

„Klar!", entgegnete das Mädchen. Sie rückten ein wenig zusammen.

„Unsere erste Nacht in der neuen Heimat, ist das nicht herrlich?", murmelte Leif schlaftrunken, sobald er neben den Freunden lag.

„Doch, natürlich", sagte Kim höflich, obwohl sich ihre Begeisterung sehr in Grenzen hielt.

Die Steine, auf denen sie lag, drückten durch die Felle in ihren Rücken. Außerdem war es bitterkalt. Kims Atem bildete Wölkchen vor ihrem Mund. Es waren bestimmt nur wenige Grad über null. Daher war das Mädchen froh, als Kija heranglitt, Köpfchen gab und unter die Zudecke schlüpfte. Das bernsteinfarbene Tier machte es sich als eine Art Wärmflasche auf Kims Bauch gemütlich.

Eine schnurrende Wärmflasche.

Kim seufzte zufrieden und begann, das schöne Tier zu streicheln. Dabei dachte sie an den aufregenden vergangenen Tag zurück. Ihre Ankunft auf Grönland, das Fest und schließlich die Gestalten, die Julian gesehen hatte … Erik hatte keine Wachen aufstellen lassen – ein Umstand, der Kim etwas nervös machte.

Aber Kija wirkte völlig entspannt. Das angenehme Gefühl übertrug sich auf das Mädchen. Kim fiel in einen tiefen Schlaf.

Ein dumpfer Schlag weckte sie.

Wer klopft denn da?, dachte Kim ärgerlich. Müssen wir etwa schon aufstehen?

Sie rieb sich müde die Augen. Um sie herum war es

noch stockdunkel. Aber direkt über ihrer Nase glomm ein Flämmchen.

Ein Flämmchen?

Kim schreckte hoch. Feuer! Durch die Ritzen des Daches quoll Qualm. Hustend weckte Kim die anderen. Leon richtete sich ruckartig auf und stieß sich prompt den Kopf.

„Aua, was ist …?"

„Nicht reden – raus hier!", herrschte Kim ihn an.

Sie krabbelten aus dem Unterstand. Und jetzt sah Kim es: Im Dach steckte ein Brandpfeil! Die Flammen breiteten sich erschreckend schnell aus.

Schreie gellten durch die Nacht. Es herrschte das völlige Chaos. Schweine, Rinder, Ziegen und Schafe stoben durcheinander und Frauen zerrten weinende Kinder aus der Schusslinie. Eriks Krieger versuchten, einen Verteidigungswall zu bilden, aber der Feind schien von allen Seiten zu kommen. Widersprüchliche Kommandos wurden gebrüllt.

Etwas zischte dicht an Kims Schulter vorbei, um sich dann in ein Fass zu bohren: ein weiterer Pfeil mit einer brennenden Spitze.

„Deckung!", schrie Kim und hastete zu den nahen Booten. Die würden ihnen noch am ehesten Schutz bieten – hoffte sie.

Leon, Julian und Kija folgten ihr. Schon hatten sie das nächstbeste Schiff erreicht.

„Leif, komm!", brüllte Kim, als sie bemerkte, dass der junge Wikinger fehlte.

Doch Leif hörte nicht auf sie. Er hatte sein kleines Schwert gezückt und blickte sich um – offenbar auf der Suche nach seinem Vater.

Jetzt entdeckte Kim den Jarl. Erik stand keine zehn Meter von ihnen entfernt neben einem lichterloh brennenden Schiff am Strand und drosch mit seinem Schwert auf zwei finstere Gestalten ein. Der eine sackte zu Boden und der Jarl kümmerte sich um den zweiten Feind. Mit wuchtigen Schwerthieben trieb er ihn vor sich her und verarbeitete seinen Schild zu Kleinholz. Doch Erik konnte nicht sehen, dass der erste Kämpfer wieder auf die Beine gekommen war – und zwar in seinem Rücken. Der Mann zückte ein Sax und schlich von hinten auf den Jarl zu, die Waffe gehoben, bereit zum tödlichen Schlag.

„Nein!", schrie Kim, packte einen großen Kieselstein und feuerte ihn auf den hinterhältigen Krieger.

Zack – der Helm des Mannes flog weg.

Der Krieger drehte sich um und schaute Kim an. Im Feuerschein sah das Mädchen, dass der Mann böse lächelte. „Zu dir komm ich gleich, Kleine!", knirschte er, um sich dann wieder seinem eigentlichen Ziel – Erik – zuzuwenden.

Der Jarl hatte die drohende Gefahr in seinem Rücken offenbar immer noch nicht bemerkt. Er prügelte weiter auf den anderen Mann ein, der einen merkwürdigen, aber ausgesprochen flinken Tanz hinlegte und dadurch immer wieder ausweichen konnte.

„Bleib endlich stehen!", brüllte der Jarl wütend.

Kim hob den nächsten Stein auf. „Kommt!", raunte sie Leon und Julian zu.

Auch die Jungs bewaffneten sich jetzt.

„Auf drei", gab Kim vor. „Eins, zwei – drei!"

Drei handliche Steine flogen durch die Luft. Zwei trafen den Mann mit dem Sax und schickten ihn ins Reich der Träume. Der dritte Stein, es war der von Julian, prallte gegen Eriks Rücken.

Der Jarl drehte sich schnaufend um. „Welche Mücke hat mich da gestochen?" Sein Blick fiel auf den Mann auf dem Boden, dann auf die Gefährten. „Wart ihr das?", fragte er verdutzt, während der andere tanzbegabte Mann sich schnell davonmachte.

Kim nickte eifrig.

Diesmal donnerte Eriks Pranke auf Kims Schulter und sie hatte das Gefühl, in den Boden gerammt zu werden. „Gut gemacht, beim Tyr! Euch kann man wirklich gebrauchen!"

Leif rannte heran, das Schwert gehoben. „Wer sind die Angreifer?", rief er.

„Keine Ahnung, aber wir müssen sie zurückwerfen!", bellte der Jarl und stürmte auf die nächsten Gegner zu.

„Wir bleiben am besten hier", sagte Kim und suchte wieder zusammen mit den anderen beim Schiff Deckung.

Von dort aus sah sie, wie die Schlacht tobte. Eriks Männer schlugen sich hervorragend, die Angreifer wichen mehr und mehr zurück. Doch überall flammten inzwischen Feuer auf. Als sie wieder einen der Brandpfeile ganz in ihrer Nähe vorbeizischen hörte, verfolgte Kim seine Flugbahn mit den Augen – und ihr Herz setzte einen Schlag aus. Der Pfeil landete genau in der Mitte des großen Schildes, der an dem Holzstab hing!

„Ach, du Schande!", schrie Kim. „Unsere Rückfahrkarte brennt!"

Sie sprang ins Boot, schnappte sich einen Eimer, tauchte ihn ins Wasser und rannte zum Schild, jede Vorsicht vergessend. Der Brandpfeil war unmittelbar neben dem Buckel eingeschlagen. Gierig züngelten die Flammen in alle Richtungen, ein schwarzer, verkohlter Kreis bildete sich um die Pfeilspitze.

Platsch! Das Wasser ergoss sich auf den Brandherd und das Feuer erlosch mit einem Zischen.

Erleichtert ließ Kim den Eimer fallen. Dann sah sie, wie die letzten Angreifer flohen. Ihre Verletzten schleppten sie mit, die Toten blieben am Strand zurück.

Doch Kim wusste, dass der Sieg teuer erkauft war. Ein Teil der lebensnotwendigen Vorräte war vernichtet.

# Ein folgenschwerer Entschluss

Die Nacht war kurz. Eine kalte Böe sorgte dafür, dass Leon die Augen aufschlug. Es war ein sonniger, aber kühler Morgen. Leon brauchte einen Moment, bis er wusste, wo er war. Dann schälte er sich aus den Fellen und reckte und streckte sich. Die Bilder der vergangenen Nacht stürmten auf ihn ein – die Schlacht, das Feuer. Nachdem die Angreifer vertrieben worden waren, hatte Erik die Toten beerdigen lassen und Wachen aufgestellt. Aber ihre Gegner hatten sich nicht noch mal blicken lassen.

Kija kam zu ihm und sah ihn mit hungrigen Augen an.

„Tja, ein kleines Frühstück wäre jetzt nicht schlecht", sagte Leon. Normalerweise ging Kija nachts gern auf die Jagd, aber was sollte sie hier am steinigen Strand schon fangen?

„Guten Morgen", hörte er Julian in seinem Rücken sagen.

Leon drehte sich um. Der verwuschelte Blondschopf seines Freundes war aus den Fellen aufgetaucht. Julian blickte ihn aus kleinen, müden Augen an und Leon hob die Hand zum Gruß. Kim und Leif schliefen noch tief und fest.

„Wenn das Meer nicht so kalt wäre, wäre ein kurzes, erfrischendes Bad jetzt genau das Richtige", murmelte Julian.

Leon zog die Augenbrauen hoch. Hier baden? Nein danke! Er sah, dass Rainvaig ihm zuwinkte.

„Komm her und bring die anderen mit!", rief sie und deutete auf ein kleines Feuer. „Es gibt etwas zu essen!"

Leon rüttelte an Kims und Leifs Schultern, bis sie wach waren. Dann liefen sie gemeinsam zu Rainvaig und hockten sich auf große Steine rund um die Feuerstelle.

„Es ist nicht viel, was ich euch anbieten kann, aber immerhin", begrüßte die Wikingerin sie. Es gab *Stockfisch*, über den sich Kija am meisten freute, sowie Käse, getrocknete Beeren und Milch.

Auch Erik gesellte sich zu ihnen. Er wirkte müde und mürrisch. „Das, was sich vergangene Nacht ereignet hat, darf sich nicht wiederholen. Ein Teil unserer Vorräte wurde vernichtet oder gestohlen", sagte er betont langsam. Dann schaute er zu Julian und seine Augen glommen auf. „Du hast doch zuvor etwas gesehen, oder? Als du Met holen warst …"

Julian nickte.

„Aber du kannst mir nicht sagen, wer die Feinde waren, oder? Waren es vielleicht Gardar und seine Leute?"

„Keine Ahnung, tut mir leid."

„Hast du denn gar nichts sehen können – außer ein paar Gestalten?"

Julian zuckte hilflos mit den Schultern. „Einer der Männer hatte einen großen Bogen. Aber mehr konnte ich wirklich nicht erkennen."

Leon sah, dass es dem Jarl offensichtlich schwerfiel, sich mit dieser Antwort zufriedenzugeben.

„Nun ja", brummte Erik schließlich. „Wir werden eben sehr gut aufpassen müssen. Und wir werden unsere Häuser noch schneller errichten, als wir es vorhatten, damit wir so bald wie möglich mit der Palisade beginnen können. Notfalls schuften wir Tag und Nacht. Außerdem werden wir versuchen, die Mistkerle zu schnappen. Dann ist endlich Ruhe!"

„Au ja, da bin gerne dabei!", rief Leif sofort. „Wann geht es los?"

Der Jarl musste lachen. „Du wirst schön hierbleiben und mit deinen neuen Freunden das Vieh hüten."

„Ich?", empörte sich der Junge. „Ich bin ein Krieger und kein armer Hirte!"

„Arm? Wie kommst du denn darauf, dass Hirten

arm sind?", erwiderte sein Vater. „Hirten bewachen unser höchstes Gut: das Vieh! Das ist eine verantwortungsvolle Aufgabe."

„Ich will aber die Feinde jagen und kämpfen", rief Leif.

Leon sah ihm an, dass er wirklich sauer war.

„Kämpfen? Na, dann komm her!", erwiderte Erik und breitete grinsend die Arme aus.

Leif drückte Leon sein Stück Käse in die Hand, stürmte auf Erik zu und trommelte mit seinen kleinen Fäusten auf die breite Brust seines Vaters.

Dabei rief er: „Ich bin ein Krieger, ich bin ein Krieger!", was Erik noch mehr zum Lachen reizte. Schließlich legte der Jarl die Arme um seinen Sohn und beendete damit dessen spielerischen Angriff.

„Ich erteile nicht jedem den Auftrag, das Vieh zu hüten", sagte Erik besänftigend. „Sondern nur Leuten, denen ich vertraue – wie dir und deinen Freunden hier."

Nach dem Frühstück stellte Leon fest, dass Eriks Vortrag leider nichts genützt hatte. Leif blieb bei seiner Meinung und betonte immer wieder, dass Viehhüten eine absolut blöde Aufgabe sei. Aber er musste wohl oder übel gehorchen.

Ihr neuer Arbeitsplatz lag einige Hundert Meter vom Lager entfernt. Dort hatte Ingolfur eine besonders saftige Wiese entdeckt, auf der die etwa fünfzig Schafe weiden sollten. Die Wiese lag in einem natürlichen Kessel – von drei Seiten wurde das Grün von steilen Felswänden eingerahmt, die für die Schafe ein unüberwindbares Hindernis darstellten. Die Freunde bekamen nun den Auftrag, die vierte Seite des Kessels, die den Zugang bilden sollte, mit einem Zaun zu sichern. Dazu sammelten sie passende Holzstücke, spitzten sie mit Beilen an und trieben sie als Pfähle in den Boden. Dann brachten sie Bretter und Äste waagerecht zwischen den Pfählen an – fertig war ein Zaun. Daraufhin trieben sie die Schafe auf die Weide und verschlossen den Eingang.

„Ihr bleibt hier und passt auf!", schärfte Erik ihnen ein, als sie ihm stolz ihr Werk präsentierten.

„Warum? Die Schafe können doch gar nicht abhauen", wagte Leif einen weiteren Protest.

„Aber vielleicht will jemand die Tiere stehlen", entgegnete der Jarl barsch. „Außerdem gibt es hier Wölfe! Und jetzt hältst du den Schnabel und machst ausnahmsweise mal das, was ich dir sage."

Leif presste die Lippen fest aufeinander. Auf seiner Stirn erschien eine Zornesfalte.

„Ich muss jetzt zurück und mich um den Bau der Häuser und der Palisade kümmern. Außerdem werde ich Männer einteilen, die auf die Jagd gehen. Wir sollten unsere Vorräte ergänzen", sagte Erik zum Abschied.

„Wenn die Sonne am höchsten steht, können drei von euch zum Strand kommen. Rainvaig wird dann bestimmt schon etwas Leckeres zum Essen zubereitet haben. Aber einer von euch bleibt immer hier."

„So ein Mist", schimpfte Leif, als sein Vater verschwunden war. Missmutig stapfte er vor dem Gatter auf und ab. „Die ollen Schafe können doch selbst auf sich aufpassen."

Leon zupfte an seinem Ohrläppchen, wie immer, wenn er scharf nachdachte. Sie brauchten eine kleine Ablenkung für ihren tatendurstigen Freund.

Wenig später hatte Leon eine Idee. Er legte mit kleinen Steinchen einen Kreis auf dem Boden, maß mit Schritten etwa zehn Meter ab und rief die anderen zu sich.

„Jeder bekommt drei Steine", erklärte er die Spielregeln. „Die müsst ihr in den Kreis werfen. Bleibt der Stein innen liegen, gibt es einen Punkt."

Die anderen waren sofort Feuer und Flamme, suchten handliche Steine und bauten sich an der Linie auf, die Leon mit einem spitzen Stein im Gras gezogen hatte.

Kija hockte sich neben den Kreis und beobachtete das Ganze mit größtem Interesse.

„Vorsicht, da lebst du gefährlich, Kija!", rief Leon ihr lachend zu.

Leif begann. Er kniff ein Auge zu und warf den ersten Stein. Der Stein fiel in die Mitte des Kreises, hatte jedoch zu viel Schwung und rutschte über die Grenz-markierung hinaus.

„Noch mal", sagte der Wikinger. Doch er hatte wieder Pech. Und auch sein dritter Versuch misslang – fast. Denn Kija schob das Steinchen mit ihrer linken Tatze ins Ziel.

Über Leifs Gesicht ging ein Leuchten. „Das gilt doch, oder?"

„Klar", sagte Leon großzügig. Er war als Nächster dran. Bei der Wahl seiner Wurfsteine hatte er sich große Mühe gegeben. Er hatte einen grauen, einen fast pechschwarzen und einen weißen Stein ausgewählt, die alle gut in der Hand lagen und weder zu leicht noch zu schwer waren.

So spielten sie vielleicht eine Stunde lang, während die Schafe friedlich weideten.

Dann war wieder Leon an der Reihe. Er nahm den weißen Stein, den er zu seinem Lieblingsstein auserkoren hatte, weil er mit diesem die meisten Treffer erzielt hatte. Doch diesmal warf er viel zu weit. Der weiße Stein prallte gegen einen Felsen, wurde hochgeschleudert und flog in hohem Bogen hinter einen anderen Felsen.

„Das war wohl nichts", sagte Leon betrübt und machte sich auf die Suche nach seinem Wurfgeschoss. Er lief am Zielkreis vorbei, kletterte über den ersten Felsen und – erstarrte.

Zwei Männer mit Schwertern kamen auf ihn zu. Sie waren vielleicht noch zwanzig Meter von dem natürlichen Kessel entfernt, der den Schafen als Weide diente.

Mit jagendem Puls ging Leon hinter dem Felsen in Deckung. Was waren das für Männer?

„He, Leon – was ist?", hörte er Kim rufen.

Er wandte sich zu ihr um und legte einen Finger auf die Lippen. Dann spähte er wieder hinter dem Felsen hervor.

Die fremden Krieger waren wie Wikinger gekleidet. Sie trugen mit Pelz besetzte Mäntel, die mit Kapuzen versehen waren, die den Männern ins Gesicht hingen und sie somit für Leon unkenntlich machten. Der eine war ein langer Schlaks, der andere eher untersetzt. Nun blieb der Untersetzte stehen und gab dem anderen ein Zeichen, ruhig zu sein.

Das Blöken der Schafe war deutlich zu hören.

Mist, jetzt werden sie die Schafe gleich entdecken!, dachte Leon. Die Kerle gehörten bestimmt zu der Bande, die vergangene Nacht Eriks Lager angegriffen hatte!

Leon konzentrierte sich – war der untersetzte Typ etwa Gardar? Von der Statur her war das gut möglich. Andererseits gab es sicher noch andere untersetzte Wikinger …

Jetzt steckten die beiden Fremden die Köpfe zusammen.

Die hecken etwas aus, ahnte Leon, der mit Entsetzen sah, dass der schlaksige Mann nach seinem Schwert griff.

Doch dann geschah etwas Unerwartetes. Die Fremden liefen davon.

Was soll das?, überlegte Leon. Wollten sie ihre Komplizen holen, um die Schafe wegtreiben zu können? Vermutlich gingen die Typen auch davon aus, dass die wertvollen Tiere bewacht wurden. Und zu zweit wollten sich die Männer sicherlich nicht auf einen Kampf einlassen.

Leon winkte seine Freunde heran und informierte sie.

„Ihnen nach!", rief Leif sofort und deutete auf die beiden Fremden, die noch gut zu sehen waren.

„Nein, das ist viel zu riskant", versuchte Leon ihn zu bremsen.

„Unsinn", widersprach Leif. „Jetzt können wir zeigen, was in uns steckt! Wir werden die Kerle zur Strecke bringen!"

„Auf keinen Fall", sagte Leon bestimmt. „Sie würden uns alle einen Kopf kürzer machen. Wir sollten lieber Erik informieren."

Doch Leif lehnte das ab. „Dann sind die Kerle verschwunden. Wir müssen ihnen folgen, um zu sehen, wo ihr Versteck ist. Dann können wir immer noch meinen Vater alarmieren!"

„Das ist völliger Wahnsinn", beharrte Leon. „Wenn die Krieger uns sehen, sind wir erledigt!"

„Dann gehe ich eben allein. Bleibt ihr nur hier und hütet das Vieh." Schon huschte der junge Wikinger hinter den nächsten Felsen, der ihm Schutz vor neugierigen Blicken bot.

Leon biss sich auf die Unterlippe. Warum musste Leif nur so stur sein! Was sollten sie jetzt tun? Leif gehen lassen? Und wenn er geschnappt wurde?

Nein, entschied Leon für sich. Sie konnten Leif nicht allein die Verfolgung aufnehmen lassen. Er schaute Kim und Julian fragend an. „Kommt ihr mit?"

Ein zweifaches stummes Nicken war die Antwort. Dann liefen auch Leon, Kim, Julian und Kija den Unbekannten hinterher – und ließen die Schafe unbeaufsichtigt zurück.

# Gefährliche Jagd

Die Verfolgung schien kein Problem zu sein, stellte Julian rasch fest. Große Findlinge boten immer wieder ausreichend Schutz. Zudem waren die beiden Fremden offenbar ziemlich sorglos. Sie drehten sich kein einziges Mal um.

So gelangten die Freunde und Leif immer tiefer ins Hinterland. Die Landschaft blieb sich treu – grüne Hügel, durchsetzt mit Felsen, kleinen Baumgruppen und Gebüschen. Ab und zu plätscherte ein Bach durch die Wiesen. Einmal sah Julian eine Herde Rentiere, die aber sofort die Flucht ergriff, als sie die Männer in den Pelzmänteln bemerkte.

Die Gefährten huschten von Stein zu Stein, von Gebüsch zu Gebüsch, von Baum zu Baum – immer darauf bedacht, den Fremden nicht zu nahe zu kommen. Leif lief voran. Er bewegte sich fast so geschmeidig und geräuschlos wie Kija durch das Gelände, schien also der geborene Jäger zu sein.

Vielleicht, so hoffte Julian, vielleicht würden die beiden sorglosen Fremden ihn und seine Freunde ja tatsächlich zu ihrem Unterschlupf führen. Dann würde Leif den Ruhm ernten, nach dem er so sehr lechzte.

Aber was wäre, wenn die beiden Unbekannten gar nichts mit dem Überfall in der vergangenen Nacht zu tun hatten? Womöglich handelte es sich nur um Männer, die *vor* Erik Grönland besiedelt hatten und einfach wissen wollten, wer da in ihr Land eingedrungen war …

Und noch etwas bereitete Julian Kopfzerbrechen. Seine Freunde und er hatten ihren Posten verlassen. Wenn auch nur einem einzigen Schaf etwas zustoßen sollte, würde es mächtig Ärger mit Erik geben, das war sonnenklar.

Ein energisches Maunzen riss Julian aus seinen Gedanken. Der Junge warf Kija einen warnenden Blick zu, weil er fürchtete, dass die Katze ihren Standort verraten könnte.

Kija hockte auf einem großen Findling und zitterte am ganzen Körper.

„Was hast du?", fragte Julian ebenso leise wie irritiert. Er blickte in die Richtung, in die das Näschen der Katze deutete und ihm gefror das Blut in den Adern.

Mehrere mit Langschwertern bewaffnete Männer stürmten auf sie zu.

„Achtung!", warnte Julian die anderen.

Leif war schneeweiß geworden. Mit einer verzweifelten Geste zog er sein Schwert, das jetzt – angesichts der Bewaffnung der Angreifer – noch kleiner als sonst wirkte.

„Weg hier!", hörte er Kim schreien, aber er war wie gelähmt.

Das Mädchen riss an seinem Wams.

„Aber wir können Leif doch nicht im Stich lassen", rief Julian und deutete auf den jungen Wikinger, der inzwischen von sechs Angreifern umstellt worden war. Leif drehte sich um seine Achse und schlug mit dem Schwert in alle Richtungen, um sich die Feinde vom Leib zu halten.

„Was willst du denn gegen diese Typen ausrichten? Wir können Leif am ehesten helfen, wenn wir Erik und die anderen holen!", zischte Kim in Julians Ohr. „Komm endlich, bevor sie auch uns schnappen!"

Julian war hin und her gerissen. Aber als einer der Krieger Leif von hinten ansprang, die Arme des Jungen runterdrückte und das kleine Schwert zu Boden fiel, wusste Julian, dass sie keine Chance hatten. Während zwei Männer den wild um sich tretenden Leif bändigten, wandten sich die anderen den Gefährten zu. Einer von ihnen deutete mit dem Schwert auf Julian und stieß einen kehligen Laut aus.

„Okay, Abflug!", rief der Junge.

Dann rannten sie um ihr Leben.

„Wir hätten die Kerle niemals verfolgen dürfen, was für ein Irrsinn!", schimpfte Leon unterwegs.

„Stimmt, aber spar dir lieber deinen Atem – und lauf!", erwiderte Julian schnaufend.

Nach etwa dreihundert Metern warf er einen Blick über die Schulter.

Nichts, nur das weite, grüne Land. Wenigstens hatten sie die Krieger abgehängt.

„Armer Leif!", sagte Julian keuchend und verlangsamte sein Tempo. „Was wollen die Mistkerle nur von ihm?"

„Gute Frage", entgegnete Kim. „Meint ihr, dass es ein Zufall ist, dass sie ausgerechnet den Sohn des Jarls geschnappt haben?"

Julian ging in sich, während er langsam wieder zu Atem kam. Hatten die Täter gewusst, wen sie vor sich hatten, oder war es wirklich nur ein Zufall gewesen? Aber was wollten die Entführer mit Leif?

Seine Eltern erpressen, kam es dem Jungen in den Sinn. Vielleicht wollten sie für Leifs Freilassung Lebensmittel, Tiere, Werkzeuge oder Schiffe haben.

„Habt ihr die Krieger erkannt?", fragte Leon in diesem Moment.

Julian und Kim schüttelten die Köpfe.

Julian beschleunigte seine Schritte wieder. Sie mussten so schnell wie möglich zu Erik und den anderen!

Die Gefährten hasteten an der Weide mit den Schafen vorbei und erreichten kurz darauf das Lager.

Erik, der gerade mit dem Hausbau beschäftigt war,

sah hoch. Seine Miene verfinsterte sich. „Wer hat euch erlaubt, euren …?"

„Leif ist entführt worden", unterbrach Julian ihn. „Bewaffnete Männer haben ihn verschleppt!"

Der Jarl ließ den Holzbalken fallen, den er gerade in den Händen gehalten hatte. Aus seinem Gesicht war jede Farbe gewichen. „Was sagst du da?" Er winkte seine Frau und einige Männer heran.

Kleinlaut gestand Julian, was passiert war.

„Ihr seid den Krieger hinterhergeschlichen?", zürnte Rainvaig und baute sich drohend vor Julian auf. „Habt das Vieh unbeaufsichtigt zurückgelassen und wolltet ein Abenteuer erleben, was? Und jetzt ist mein kleiner Leif in den Händen dieser Schurken! Großartig, wirklich großartig. Wie konntet ihr nur so leichtsinnig sein?"

Julian und seine Freunde schwiegen betreten.

„Lauf zur Weide und sieh nach den Schafen", befahl Erik Floki, dem Schmied. „Ich werde sofort einen Suchtrupp zusammenstellen und mich auf den Weg machen, um Leif zu finden!"

Sofort rannte Floki los.

„Ich will dich begleiten", sagte Rainvaig zu ihrem Mann.

„Nein, du wirst im Lager bleiben und zusammen

mit Ingolfur hier das Kommando übernehmen. Ich brauche jemanden, auf den ich mich verlassen kann", widersprach der Jarl. Wütend starrte er die Freunde an. „Ja, Leute, die verlässlich sind – und nicht solche, solche …" Er suchte nach Worten. „… solche Schafsköpfe wie euch!"

Zerknirscht schaute Julian zu Boden.

Nun trat Rainvaig dicht an Erik heran. Tränen standen in ihren Augen. „Du musst Leif finden, bei Freya! Hörst du: Du *musst*!", sagte sie leise und eindringlich.

„Ich verspreche es dir", erwiderte der Jarl. Dann schloss er Rainvaig in die Arme und verbarg sein Gesicht in ihren dichten, blonden Haaren.

Für einen kurzen Moment standen sie so eng umschlungen. Dann löste sich der Jarl von seiner Frau und begann, geeignete Männer für seinen Suchtrupp zusammenzutrommeln.

Rainvaig lief zu Ingolfur und beratschlagte sich mit ihm. Auch die anderen Wikinger gingen wieder ihren Aufgaben nach.

Nur die Freunde hatten nichts zu tun. Niemand gab ihnen eine Arbeit. Man ignorierte sie einfach. Julian kam es so vor, als wären sie Luft für die anderen. Für einen kurzen Moment spielte er mit dem Gedanken, Grönland zusammen mit Kim, Leon und Kija zu verlassen. Der große Schild hing nach wie vor an dem Stab. Mit wenigen Schritten wären sie dort …

Doch Julian war, ebenso wenig wie Kim und Leon, ein Mensch, der floh, wenn er Mist gebaut hatte. Und das hatten sie zweifellos, auch wenn es Leif gewesen war, der die Gestalten unbedingt hatte verfolgen wollen.

Julian, Leon und Kim hätte es irgendwie gelingen müssen, ihren tatendurstigen Freund zurückzuhalten. Doch sie waren ihm gefolgt – und genau das war ihr Fehler gewesen.

„Und jetzt?", fragte Kim bedrückt.

„Wir machen uns einfach irgendwie nützlich. Auch wenn uns niemand darum bittet", erwiderte Julian und begann, Steine zu sammeln, die man für den Bau der Häuser gebrauchen konnte.

Dabei beobachtete er Erik, der inzwischen rund fünfzig Krieger um sich versammelt hatte. Der Jarl sprach erregt auf sie ein.

Kurz bevor die kleine Streitmacht aufbrach, stürmte Floki heran. „Die Schafe sind alle weg!", rief der Schmied schon von Weitem. Er fuchtelte aufgeregt mit den Armen.

„Auweia, jetzt gibt es noch mehr Ärger!", fürchtete Julian.

Schon kam Rainvaig auf sie zu. „Das ist eine Katastrophe für uns", sagte sie mit belegter Stimme. „Wir brauchen die Milch der Schafe. Und natürlich auch deren Wolle für unsere Kleidung. Wenn Erik und die anderen die Tiere nicht zurückbringen, haben wir spätestens im Winter ein echtes Problem."

Julian wollte etwas erwidern, doch Rainvaig hatte sich bereits umgedreht und ließ ihn einfach stehen.

# Eine tierische Spur

Kim half Julian und Leon bei der Suche nach Steinen für die Häuser. Es war eine eintönige, stumpfe Arbeit, die von niemandem honoriert wurde. Aber sie taten wenigstens irgendetwas.

Wie es Leif wohl ging?, überlegte das Mädchen. Hatte sein Vater schon eine Spur von ihm? Wahrscheinlich war es nahezu unmöglich, in diesen scheinbar unendlichen Weiten einen zehnjährigen Jungen zu finden.

Die Ungewissheit war kaum auszuhalten. Ihre Arbeit hier am Strand war womöglich sinnvoll, aber eigentlich wäre es doch viel sinnvoller, wenn sie …

„Hört mal her, Jungs", wisperte Kim Leon und Julian zu. „Was haltet ihr davon, wenn wir uns selbst auf die Suche nach Leif machen? Wenn wir ihn finden und befreien könnten, hätten wir alles wiedergutgemacht!"

Julian zögerte einen Moment, aber Leon war sofort einverstanden. „Hier vermisst uns sowieso keiner", sagte er.

Julian wiegte den Kopf. „Und wenn wir auch in die Hände der Entführer geraten? Dann erweisen wir Erik, Rainvaig und den anderen nur noch einen weiteren Bärendienst."

„Wir müssen eben besonders vorsichtig sein", konterte Kim. „Immerhin sind wir ja jetzt vorgewarnt. Wir wissen, dass hier irgendwelche Schurken rumlaufen und kleine Jungs und Schafe klauen!"

Das überzeugte auch Julian – und so brachen die Gefährten, begleitet von Kija, auf. Niemand machte Anstalten, die Freunde aufzuhalten, als sie den Strand verließen.

„Wo sollen wir anfangen?", fragte Julian.

„Am Tatort", entgegnete Kim spontan. Sie hoffte, dort irgendeinen Hinweis zu finden.

Schweigend marschierten sie durch das gewellte Land. Über ihnen kreisten einige überwiegend schwarz gefiederte *Gryllteisten*. Nach wie vor schien die Sonne, jedoch mit unverändert schwacher Kraft.

Schließlich erreichten die Gefährten die Stelle, an der sie von den feindlichen Kriegern überrascht worden waren. Kim schaute sich suchend um. Ein ruhiger, ein friedlicher Ort. Nichts deutete darauf hin, dass hier vor wenigen Stunden ein Junge entführt worden war. Kim versuchte vergeblich, im Gras Fußspuren auszumachen.

„Wir vergeuden wohl leider nur unsere Zeit", sagte

Leon düster. „Hier gibt es rein gar nichts zu sehen – nur Gras, Steine und Schafsköttel."

Wie vom Blitz getroffen, blieb Kim stehen. „Schafsköttel? Wo?", fragte sie atemlos.

Leon grinste. „Seit wann interessierst du dich für so etwas?"

„Seit diese Schafsköttel eine Spur sein könnten!", erwiderte das Mädchen und kam zu Leon.

„Wie bitte?"

„Na, überleg doch mal: Vermutlich haben die Männer, die Leif entführt haben, auch die Schafe gestohlen! Und die Schafe müssen sie doch irgendwohin getrieben haben – nämlich zu ihrem Versteck. Und genau dort ist wahrscheinlich auch Leif!", erläuterte Kim.

Leon schlug sich mit der flachen Hand vor die Stirn. „Gut kombiniert, Kim! Da hätte ich auch selbst drauf kommen können."

Die Augen auf den Boden geheftet, suchten die Gefährten weiter.

Kim deutete gen Norden. „Die Spur führt in die Richtung der Berge."

„Na, dann nichts wie hin!", rief Julian.

Nach einer halben Stunde gelangten sie zu einem Engpass, der aus mehreren gewaltigen Findlingen gebildet wurde. Kim, die ein Stück voranging, fühlte sich wie in einer Schlucht. Ihr war leicht unbehaglich zumute. Hier konnten sie kaum entkommen, falls die Feinde unvermittelt auftauchen sollten …

Wieder schaute sie auf den Boden. Keine Schafsköttel mehr. Waren die Täter vor den Findlingen abgebogen, hatten Kim und ihre Freunde etwas übersehen?

Unschlüssig blieb das Mädchen stehen.

Da legte sich von hinten eine Hand auf Kims Schulter. Sie erschrak. „Lasst den Blödsinn, Jungs", raunte sie leicht verärgert.

Keine Antwort.

Kims Knie wurden weich. Sie schielte auf ihre Schulter. Und was sie sah, ließ ihr Blut gefrieren. Denn die Hand, die dort lag, war groß und ziemlich behaart.

Kim schoss herum und starrte in das bärtige Gesicht eines Mannes, der komplett mit Fellen bekleidet war und einen Speer trug. Der Mann war fürchterlich groß, sein Gesicht eine einzige Narbenlandschaft, die Nase platt und breit. Seine mandelförmigen Augen leuchteten neugierig. Die rissigen Lippen deuteten ein unbestimmtes Lächeln an.

Kims Mund öffnete sich zu einem gellenden Schrei, doch das Mädchen bekam keinen Ton heraus.

Hinter dem Riesen waren vier weitere Männer in Fellkleidung, die Leon und Julian überwältigt hatten und ihnen die Münder zuhielten. Kija hatte sich zwischen die Felsen verkrümelt und beobachtete die Szene mit weit aufgerissenen Augen.

„Hab keine Angst", sagte der Riese mit einer unerwartet sanften Stimme. „Wir tun euch nichts."

Kim schnappte nach Luft. Keine Angst haben? Wenn ein solches felliges Zottelmonster vor einem stand, sollte man keine Angst haben?

„Wir gehören zum Stamm der *Tunit*", fuhr der Mann fort und ließ Kim los. „Wir sind Jäger und Fischer."

… und Diebe, ergänzte Kim im Geiste, hielt aber sicherheitshalber den Schnabel. Die Männer hatten doch bestimmt die Schafe gestohlen und Leif entführt! Und vermutlich steckten sie auch hinter den Überfällen!

Jetzt schoben die anderen Tunit Leon und Julian heran.

„Folgt uns", sagte der Riese, der offenbar der Anführer der Männer war.

Kim und die Jungs wechselten unbehagliche Blicke. Aber was sollten sie schon tun?

„Wir müssen euch unbedingt den anderen im Dorf zeigen", ergänzte der Mann unterwegs. „Wir haben noch nie Besuch bekommen. Ich heiße übrigens Kaqan. Aber wer seid ihr? Gehört ihr zu den Fremden in den Drachenbooten?"

Kim nickte langsam. Dann stellte sie sich und ihre Freunde vor. Dabei fand sie es ermutigend, dass Kija,

112

die inzwischen neben ihr lief, keine Scheu vor den Männern in den Fellen zeigte.

„Wir lagern am Strand", schloss Kim ihren kurzen Bericht ab und deutete nach Süden.

Kaqan lachte. „Ihr scheint euch verlaufen zu haben. Euer Lager liegt nicht dort, sondern dort", verbesserte er Kim und wies in Richtung Osten.

Kim stutzte. Sie war sich vollkommen sicher, dass sie sich nicht geirrt hatte. Plötzlich kam ihr ein Gedanke, der sie förmlich elektrisierte: Gab es etwa zwei Wikingerlager, das von Erik und das von – ja, von wem? Von Gardar?

Kaqan redete weiter freundlich auf Kim und ihre Freunde ein. Kurz darauf erreichten sie das Dorf der Tunit. Sofort strömten viele der Bewohner zusammen und umringten staunend die Neuankömmlinge. Alle redeten durcheinander. Kim lächelte freundlich. Dabei schaute sie sich unauffällig um. Von Leif war nichts zu sehen und auch keines der Schafe konnte das Mädchen entdecken.

Schließlich schob Kaqan Kim zu einer der Behausungen. Die anderen folgten. Kim staunte. Die Häuser waren alle halb unterirdisch gebaut worden und ragten nur etwa einen Meter aus dem Boden heraus. Die Wände bestanden aus Felsbrocken und großen Walknochen. Zwischenräume waren mit Grasstücken gestopft worden. Eine kurze Treppe führte hinab zum Eingang.

„Herzlich willkommen in meinem *Qarmag*", sagte Kaqan mit seiner sanften Stimme, an die sich Kim immer noch nicht so recht gewöhnen konnte.

Die Freunde betraten einen großen, fensterlosen Raum, der von einigen *Qulliqs* erleuchtet wurde. Um die größte dieser flachen, steinernen Öllampenschalen saßen eine junge Frau und vier Kinder.

„Meine Familie", stellte Kaqan strahlend vor.

Die Frau und die Kinder machten Platz und die Gefährten hockten sich auf mit Fellen bezogene Bänke. Wieder wurden sie neugierig beäugt und mit Fragen bombardiert.

Kim entspannte sich allmählich. Die Tunit waren ausgesprochen gastfreundlich. Aber hatten sie wirklich nichts mit der Entführung von Leif und dem Viehdiebstahl zu tun? Vielleicht war diese Freundlichkeit ja nur eine Show!

„Habt ihr Hunger?", fragte Kaqans Frau.

„Ja!", preschte Leon vor.

Die Frau schöpfte aus einem Kessel etwas in Schüsseln und reichte sie den Freunden. Auch Kija wurde bedacht. Auf einem flachen Stein, der wie ein Teller aussah, reichte die Frau den Freunden außerdem kleine, würfelförmige Häppchen. Sie bestanden aus rosafarbenem Fleisch mit einer schwarzen Haut darüber.

„*Mattak*!", sagte sie lächelnd. „Schön fettig und sehr lecker!"

Kim hob ihre Schale zur Nase. Sie hatte es befürchtet: Das war irgendetwas mit Fisch! Das Mädchen schloss die Augen und löffelte das ziemlich streng riechende Zeug tapfer in sich hinein. Schließlich wollte sie nicht unhöflich erscheinen und mit einer unbedachten Äußerung die gute Stimmung ruinieren. Doch nach drei Löffeln setzte Kim die Schale wieder ab. Auch das Mattak rührte sie, im Gegensatz zu ihren Freunden, nicht an.

„Danke, bin schon satt", sagte sie und rang sich ein Lächeln ab. „Sagt mal, dieses Lager im Osten, wo liegt das genau?"

„Wir bringen euch nachher zu euren Leuten, wenn ihr wollt", antwortete Kaqan, während er genüsslich den aus Knochen geschnitzten Löffel abschleckte.

„Das sind nicht unsere Leute", wagte sich Kim vor. „Und unser Lager liegt wirklich im Süden."

Kaqan schaute sie überrascht an. „Nun gut, hier gibt es viele Fjorde und Buchten. Womöglich ist uns eure Ankunft entgangen." Er kratzte sich am Bart. „Merkwürdig. Wir haben hier noch nie Fremde gesehen, bis auf einen Mann, der ganz allein in einen Fjord segelte und einige Jahre blieb."

Erik während seiner Verbannung!, dachte Kim.

„Und jetzt sollen es auf einmal gleich zwei Gruppen sein", murmelte Kaqan.

115

„Was sind das für Leute in dem Fjord im Osten?",
forschte Kim nach.

„Sie sehen so aus wie ihr, haben auch so spitze
Nasen. Aber irgendwie sind sie doch anders", sagte
Kaqan. „Sie sind schwer bewaffnet und wirken sehr
kriegerisch. Deshalb haben wir uns ihnen auch noch
nicht gezeigt. Wir fürchten, dass sie uns überfallen
könnten. Also hoffen wir, dass diese Leute uns in Ruhe
lassen und weiterziehen."

„Bitte, führt uns zu diesem Fjord", sagte Kim ent-
schlossen und erntete einen überraschten Blick von
Julian.

„Wie ihr wollt, aber wir möchten mit diesen Kriegern nichts zu tun haben", entgegnete Kaqan.

Wenig später verließen die Freunde winkend das
Dorf der Tunit. Kaqan und zwei seiner Männer führten
die Gefährten durch die felsige Landschaft. Dann ging
es ein Stück steil bergauf, bis sie einen schroffen Grat
erreichten.

Kim spähte hinunter. Etwa einhundert Meter unter
ihnen war ein sehr breiter, steiniger Strand. Und dort
lagen fünf Wikingerschiffe, die halb auf den Strand
geschleppt worden waren!

Die Tunit zogen sich sofort zurück.

„Wir gehen jetzt besser. Diese Leute da unten sind
uns zu unheimlich. Aber ihr seid uns immer willkommen", sagte Kaqan zum Abschied.

„Danke für alles", riefen die Freunde ihm nach.

Dann verbargen sie sich hinter einem großen Felsen. Vorsichtig spähten sie hinunter zu den Booten. Einige Feuer brannten am Strand. Mehrere Gestalten waren zu sehen. Aber um wen es sich handelte, war aufgrund der Entfernung nicht zu erkennen.

„Gehören diese Schiffe etwa Gardar und seinen Männern?", fragte Leon.

„Aber woher kennt Gardar Grönland, woher sollte er wissen, wie man hierhergelangt?", warf Julian ein.

Kim nickte. „Stimmt. Und das bringt mich auf eine ganz andere Idee. Vielleicht haben wir die ganze Zeit über den Falschen verdächtigt ..."

„Wie bitte?"

„Einer dieser Männer muss den Weg hierher kennen", erklärte das Mädchen. „Und ihr erinnert euch sicher: Erik zeigte seine Karte elf wichtigen Männern. Nachts verließ dann jemand heimlich das Dorf ... War dieser Unbekannte etwa einer der Männer, die sich die Karte anschauen durften?"

Julian schüttelte den Kopf. „Nein, diese Männer sind doch die ganze Zeit über bei Erik gewesen. Sie können unmöglich die andere Flotte angeführt haben!"

„Nicht so voreilig", konterte Kim. „Vielleicht hat ja dieser Mann die Karte aus dem Kopf nachgezeichnet und so sein Wissen an irgendjemanden weitergegeben."

„Wenn das stimmt, dann hat Erik einen Verräter in seinen Reihen", sagte Leon bestürzt.

„Du sagst es", erwiderte Kim. „Aber jetzt sollten wir uns die Leute da unten mal näher anschauen! Vielleicht finden wir auch eine Spur von Leif und den Schafen!"

# Der Rächer

Leon war begeistert. Wenn sie dort unten wirklich Leif entdeckten, könnten sie Erik alarmieren, damit er seinen Sohn befreite. Leif wäre gerettet und die Freunde hätten den Wikingern bewiesen, dass sie doch zu etwas taugten.

Der Junge ging vorsichtig voran. Geduckt huschten er, Julian und Kim von Felsblock zu Felsblock. Die Katze glitt neben ihnen durchs Gras. Teilweise ging es steil bergab und Leon hatte große Mühe, nicht aus dem Gleichgewicht zu geraten. Immer wieder musste er sich an Felsvorsprüngen oder Wurzeln festhalten, um nicht vornüberzufallen.

Meter für Meter kletterten und rutschten sie so den Hang hinunter. Bald hatten sie etwa fünfzig Höhenmeter überwunden.

Leon spähte erneut zu den fremden Booten. Glücklicherweise schien niemand zu ihnen heraufzuschauen. Doch plötzlich gab der Boden unter seinem rechten Fuß nach – Leon hatte einige Steine losgetreten. Mit einem Satz waren er und seine Freunde hinter einem

Fels verschwunden. Voller Angst schaute der Junge der kleinen Lawine hinterher. Die letzten Steine kullerten aus. Waren sie jetzt bemerkt worden? Leon wartete einen Moment. Doch in dem Lager der fremden Wikinger hatte sie anscheinend niemand gehört.

Der Junge atmete einmal tief durch. Dann gab er den anderen das Zeichen, ihm weiter zu folgen.

Wenig später hatten sie den Strand erreicht. Leon blickte sich prüfend um. Wie kamen sie noch dichter an die Krieger heran? Die Lösung boten einige verstreute Findlinge. Die, so hoffte der Junge, würden ihnen erneut ausreichend Deckung bieten.

Die Gefährten wieselten von Findling zu Findling. Schließlich waren sie vielleicht noch fünfundsiebzig Meter von den Booten entfernt. Leon ging auf die Knie und lugte um einen Stein herum.

Er erstarrte. Nur drei Armlängen entfernt stand ein bulliger Wikinger, das Sax griffbereit am Gürtel! Vermutlich war der Mann ein Wachposten. Netterweise drehte er Leon gerade den Rücken zu. Der Junge zog sich ruckartig zurück, jede Farbe war aus seinem Gesicht gewichen.

„Was ist …?", hob Julian an, doch Leons panischer Blick brachte ihn zum Schweigen.

Zu spät.

„Ist da wer?", knurrte eine Stimme, die zweifellos dem Wikinger gehörte.

Schwere Schritte knirschten auf den Steinen. Keine Frage, der Mann würde gleich hinter dem Findling auftauchen und sie entdecken!

Da griff Kija ein. Die Katze sprang dem Krieger entgegen.

„Was ist denn das?", brummelte der Wikinger. „Ein dummes Katzenvieh!"

Dummes Katzenvieh? Leon ballte die Fäuste. Kija hatte bestimmt mehr Grips in ihrem hübschen Köpfchen als dieser Typ!

„Aber seit wann können Katzen reden?", überlegte der Krieger laut. „Oder höre ich jetzt schon Stimmen, beim Odin? Na, dann komm mal her, du dummes Tierchen. Vielleicht lässt du dich gut braten!" Er lachte laut und blöd.

„Komm schon", lockte der Mann aufs Neue, als Kija der Aufforderung selbstverständlich nicht folgte. Seine Stimme hatte jetzt einen lächerlich hellen Klang bekommen.

„Putti-putt, putti-put!", machte der Mann.

Kija ist doch kein Huhn!, empörte sich Leon in Gedanken. Er presse sich dicht an den Stein. Als er einen Blick zur Seite wagte, bemerkte er, dass die schlaue Katze den Krieger von ihnen weglockte. Dieser stolperte Kija mit ausgebreiteten Armen ziemlich ungeschickt hinterher.

„Putti-putt!", rief er noch einmal.

Dann hatten die beiden fast die Boote erreicht. Dort hatte Kija genug von dem Spiel und flitzte davon. Auf Umwegen kam sie zu Leon und den anderen zurück.

„Gut gemacht", wisperte Leon und streichelte die Katze.

Dann spitzte er die Ohren. War da nicht …? Doch, jetzt hörte er es genau: Da blökten Schafe! Das Blöken war von links gekommen. Die Freunde schlichen in diese Richtung und entdeckten ganz in der Nähe der Drachenboote eine ganze Schafherde in einem provisorischen Pferch! Niemand hielt es für nötig, die Tiere zu bewachen.

„Das sind hundertprozentig unsere Schafe!", flüsterte Leon, nachdem er sie gezählt hatte.

„Dann wird bestimmt auch Leif hier irgendwo sein!", hauchte Kim atemlos. „Wir sind auf der richtigen Fährte, Jungs!"

„Ja, und jetzt verkrümeln wir uns und holen Erik!", ergänzte Julian.

„Genau!", meinte Leon.

So schnell sie konnten, flitzten die Freunde zurück zum Fuß des steilen Hanges und begannen mit dem Aufstieg.

Nach wenigen Metern warf Leon einen Blick über die Schulter. Er stutzte. Die Männer an den Booten hatten sich zu einem langen Zug formiert und marschierten geradewegs auf die Gefährten zu. „Die Kerle haben uns entdeckt!", zischte er, nachdem er mit Julian, Kim und Kija erneut in Deckung gegangen war. „Sie jagen uns!"

„Nein, das glaube ich nicht", erwiderte Julian. „Dafür gehen die Krieger zu langsam."

Leon beobachtete die Männer. Er schluckte. Es waren bestimmt an die einhundert schwer bewaffnete Krieger.

„Aber sie bewegen sich genau auf uns zu", kam es jetzt von Kim. „Es scheint so, als wollten die Kerle auch hier rauf. Und von der Kuppe ist es nicht mehr sehr weit bis zum Eriksfjord, wenn ich mich nicht irre."

„Meint ihr, dass die Männer unser Lager ein weiteres Mal angreifen wollen?", flüsterte Leon.

Julian riss die Augen auf. „Das wäre eine Katastrophe! Denn vermutlich sind Erik und die Krieger, die ihn bei der Suche nach Leif begleitet haben, noch nicht wieder dort. Es sind höchstens fünfzig bewaffnete Männer am Strand zurückgeblieben, um das Lager zu beschützen. Gegen diese Übermacht haben sie sicher keine Chance."

„Richtig, vor allem, wenn niemand sie warnt. Genau das sollten wir jetzt tun!", drängte Kim.

„Warte", bat Leon. Er hatte seinen Blick auf den Mann geheftet, der die Kriegerschar anführte. Dieser Mann war auffallend groß – und er hinkte leicht. Leon begann abermals, an seinem linken Ohrläppchen zu zupfen. Hinter seiner Stirn arbeitete es. Der Anführer kam ihm irgendwie bekannt vor. Leon hatte diesen Mann vielleicht noch nie gesehen, aber er hatte von ihm *gehört*. Plötzlich schnippte der Junge mit den Fingern. „Das könnte Thorgest sein!", stieß er aufgeregt hervor.

„Wer?"

„Der Mann, mit dem Erik einst Streit hatte", erklärte Leon. „Erinnert euch: Beim Streit um die wertvollen Holzbalken wurden zwei von Thorgests Söhnen getötet. Anschließend wurde Erik verbannt und entdeckte seinen Fjord ..."

Kim nickte. „Thorgest! Das könnte gut sein. Der erste Mann in der Kolonne ist sehr groß und hinkt. So hat Leif ihn doch beschrieben!"

„Und ein Motiv hätte dieser Thorgest auch", meinte Julian. „Er will sicher Rache für seine Söhne. Vermutlich hat er deswegen Leif entführt. Hoffentlich hat er ihm nichts angetan. Ich frage mich nur, wie Thorgest den Eriksfjord gefunden hat."

Leon lächelte. „Da kommt wieder der große Unbekannte ins Spiel, der heimlich Eriks Dorf in Island verließ. Der Verräter ... Ich sage euch: Dieser Mann hat Thorgest von der Karte erzählt und ihm Eriks Ziel genannt. Schaut mal, sie wählen einen Umweg. Vermutlich haben sie keine Lust, den steilen Hang zu erklimmen."

Kim zog Leon am Wams. „Lasst uns dennoch abhauen! Denn so haben wir wegen der Abkürzung einen
ziemlichen Vorsprung und können Rainvaig und die
anderen vielleicht noch rechtzeitig warnen. Sonst werden sie einfach von den Kriegern überrannt!"

# Die Übermacht

Völlig außer Atem kamen die Freunde im Lager an.

Mist!, dachte Julian, nachdem er sich schnell umgeschaut hatte. Erik und seine Männer waren tatsächlich noch nicht zurückgekehrt!

Rainvaig sah mit bewölkter Stirn auf, als die Freunde auf sie zukamen. Die Wikingerin war damit beschäftigt, zusammen mit Ingolfur und einigen anderen Männern ein Haus zu errichten. In ihren Händen lag eine langstielige Axt.

„Alarm!", brüllte Julian schon von Weitem. „Wir werden angegriffen!"

Rainvaig stützte sich auf die Axt. „Wie bitte?"

Julian ruderte mit den Armen. „Doch, es ist wahr: Eine Horde von Kriegern marschiert geradewegs auf unser Lager zu! Und wir vermuten, dass niemand anderes als Thorgest die Männer anführt!"

Rainvaig schaute fragend zu Ingolfur. „Thorgest? Dieser Nichtsnutz, wegen dem mein armer Erik so viel Ärger hatte? Aber wie kann Thorgest wissen, dass wir in diesem Fjord sind?"

Ingolfur hob nur die Schultern. Er wirkte ratlos.

„Bitte, versteckt euch!", flehte Julian. „Die Krieger sind sicher gleich da."

„Verstecken?" Rainvaig lächelte grimmig. „Das ist ein Fremdwort für mich." Dann reckte sie die Axt in den bleigrauen Himmel. „Hört alle her!", brüllte sie. „Thorgest und ein paar seiner Männer wollen uns angreifen. Wir werden unsere Kinder sowie unser Hab und Gut gegen diese Mistkerle verteidigen!"

„Richtig, beim Odin!", schallte es zurück.

Unter Rainvaigs Kommando wurde ein Verteidigungsring um die Kinder gezogen. Die Männer, aber auch viele der Frauen, verschanzten sich mit ihren Waffen hinter Steinblöcken oder den unfertigen Behausungen.

Die Freunde hielten sich dicht bei Rainvaig und Ingolfur. Leifs Geschwister hockten mit vor Angst geweiteten Augen gleich hinter ihnen.

„Ich laufe los und suche Erik", schlug Julian vor. „Vielleicht können er und seine Männer uns noch rechtzeitig zu Hilfe eilen!"

Doch Rainvaig schüttelte den Kopf. „Du bleibst schön hier. Das wäre viel zu gefährlich."

„Richtig", stimmte Ingolfur ihr zu. „Aber *ich* könnte es tun. Denn ohne Erik und die anderen haben wir gegen eine solche Übermacht keine Chance."

Julian stutzte. Ihm wurde abwechselnd heiß und

kalt. Übermacht? Natürlich hatte Ingolfur Recht. Thorgest hatte ja etwa einhundert Männer und im Fjord waren höchstens noch fünfzig Verteidiger unter Waffen. Also war es wirklich eine Übermacht, die sie angreifen würde. Aber woher wusste Ingolfur das? Woher kannte er die Truppenstärke der Angreifer? Weder Julian noch Kim oder Leon hatten erwähnt, wie viele Krieger auf sie zumarschierten …

Julian bekam weiche Knie. War etwa Ingolfur der Verräter?

„Bis später, so Tyr will", rief Ingolfur in diesem Moment, sprang hinter der Deckung hervor und rannte los.

„Ihm nach", flüsterte Julian seinen verdutzten Freunden zu. Schon flitzte er los, die anderen im Schlepptau.

„He, bleibt gefälligst hier!", rief Rainvaig.

Doch Julian beachtete die Wikingerin nicht weiter. Geduckt folgte er Ingolfur, der sich glücklicherweise nicht umdrehte.

„Was soll das?", fragte Leon atemlos.

Julian erzählte den Freunden von seinem Verdacht.

„Stimmt, da wäre ich gar nicht draufgekommen!", sagte Kim. „Also wird Ingolfur der Mann sein, der Thorgest von der Karte erzählt hat! Und Gardar hat mit der ganzen Sache überhaupt nichts zu tun!"

„Seht nur, Ingolfur rennt genau in die Richtung, aus

der Thorgest mit seinen Kriegern heranzieht!", zischte Leon.

„Natürlich, weil dieser Verräter gar nicht nach Erik sucht, sondern zu seinen Leuten will!", erwiderte Julian. „Also müssen wir jetzt Erik finden! Nur wie?" Er blickte seine Freunde leicht verzweifelt an.

Da meldete sich Kija mit einem ihrer energischen Maunzer, der signalisierte, dass sie die volle Konzentration der Freunde erwartete.

„Sag bloß, du hast eine Idee, wo der Jarl und die anderen sind?", fragte Julian, nachdem er sich neben die schöne Katze gehockt hatte.

Kija gab Köpfchen, dann sauste sie los.

Die Katze schlug eine ganz andere Richtung ein als Ingolfur und wetzte auf einen Hügel, von dem die Gefährten die nahe Umgebung gut überblicken konnten.

Julian deutete begeistert gen Westen. „Schaut, da drüben ist eine Schar Krieger. Das können doch nur Erik und seine Männer sein!"

Sie rannten den Hügel hinunter und stürmten den Männern entgegen.

„Was, ihr schon wieder?", brummte Erik unfreundlich, als die Gefährten ihn erreicht hatten. „Habt ihr meinen Sohn gefunden?"

„Nein, das leider nicht", hob Julian an. „Aber …"

„Dann geht mir aus dem Weg!", knurrte der Jarl.

„Halt, bitte lass mich ausreden", entgegnete Julian. „Thorgest marschiert mit seinen Kriegern auf unser Lager zu. Und Ingolfur ist ein Verräter!"

Eriks Augen verengten sich. „Ingolfur? Das kann ich nicht glauben! Wenn du Unsinn erzählst, mach ich dich einen Kopf kürzer."

Julian wich unwillkürlich einen Schritt zurück. Doch dann berichtete er in aller Kürze von ihren Ermittlungen.

„Beim Odin, das ist ja unglaublich!", stieß der Jarl hervor, als Julian geendet hatte. Dann deutete er mit der Schwertspitze zum Strand. „Los, Männer, zu den Waffen! Wir müssen den anderen helfen!"

Ein furchterregendes Gebrüll erhob sich und die Krieger stürmten im Laufschritt zum Lager.

Gerade rechtzeitig, erkannte Julian, als sie den Lagerplatz erreichten. Denn von der anderen Seite kamen in diesem Augenblick Thorgest und seine Männer heran.

„Erik!", brüllte Rainvaig, die noch immer die Axt in den Händen hielt, erleichtert. „Gut, dass ihr da seid!"

„Allerdings!", knirschte Erik, während er sich mit seinen Leuten vor den Feinden aufbaute.

Julian und seine Freunde blieben ganz in der Nähe. Die beiden etwa gleich starken Kampfreihen waren höchstens fünf Meter voneinander entfernt. Jeder hatte seine Waffe gezogen. Julian schloss die Augen. Wenn nicht ein kleines Wunder geschah, würde hier gleich eine fürchterliche Schlacht toben.

„Ha, schön, dich zu sehen", höhnte Thorgest. „Wir haben noch eine Rechnung offen, Erik. Drei Jahre Verbannung hast du bekommen für den Tod meiner Söhne. Drei Jahre ..." Er spuckte auf den Boden. „Was für ein lächerliches Urteil! Du hättest mit dem Tod bestraft werden müssen. Aber das werden wir jetzt nachholen. Ich werde dein Richter sein und dich und deine Sippe vernichten, Erik. Und dann wird das alles hier uns gehören. Ein kleiner Trost für das, was du mir angetan hast. Und ich habe hier noch etwas, was dich interessieren dürfte. Ingolfur?"

Jetzt bildete sich eine Gasse.

Mit großen Augen sah Julian, wie Ingolfur neben Thorgest trat. Der Jäger zerrte einen Jungen hinter sich her: Leif! Er war an den Händen gefesselt.

„Vater!", rief der Junge und wollte zu Erik laufen.

Doch Ingolfur packte ihn grob an den Schultern und hielt ihn zurück.

„Lass ihn sofort los, du verdammter Verräter!", schrie Erik, dessen Gesicht eine gefährliche Röte überzogen hatte.

Ingolfur schien überrascht zu sein, so viele Krieger an Eriks Seite zu sehen. Dann aber lächelte er überheblich. „Halt den Mund, Erik! Die Zeiten, in denen du Kommandos geben durftest, sind vorbei!"

„Wieso hast du mich verraten, du Nichts?", brüllte Erik.

Der Jäger hob die Schultern und schaute zur Seite.

„Thorgest hat dir einen großen Teil der Beute versprochen, nicht wahr?", schnauzte Erik Ingolfur an. „Waffen, Schmuck, Vieh, Macht – oder?"

Der Jäger schenkte dem Jarl ein entwaffnend offenes Lächeln. „Richtig", sagte er nur.

„Du gieriger Mistkerl!", blaffte Erik. „Und ich habe lange Zeit Gardar für den Verräter gehalten!"

Julian wagte sich einen Schritt vor. „Wir auch. Aber es musste einer der Männer gewesen sein, denen du, Erik, am Abend vor unserem Aufbruch die geheime Karte gezeigt hast. Gardar gehörte nicht zu diesen Männern, Ingolfur jedoch schon. Ingolfur wird der Mann gewesen sein, der sich in jener Nacht heimlich aus dem Dorf schlich, indem er die Palisade überwand. Vermutlich rannte er zu Thorgest und informierte ihn über die Lage des Eriksfjords!"

Der Jarl schnaufte. „Und ich habe damals eure Warnung in den Wind geschlagen ..."

„Ingolfur hat sich vorhin selbst verraten, als er von einer Übermacht sprach, die uns angreifen würde", fügte Julian an. „Denn um wie viele Angreifer es sich handelte, hatte niemand erwähnt."

Ingolfur verzog das Gesicht, als habe er heftige Zahnschmerzen.

„Was bist du nur für ein Trottel!", knirschte Thorgest.

Julian und seine Freunde ernteten einen anerkennenden Blick von Erik. „Tja, im Gegensatz zu deinen Trotteln sind meine Leute sehr schlau!"

Julian lächelte. Offenbar hatte Erik ihnen die Sache mit den Schafen verziehen. Er schaute Thorgest direkt in die Augen. „Dann waren es eure Schiffe, die uns bei der Überfahrt nach Grönland angriffen, oder?"

„Ja."

„Und ihr wart es auch, die uns später überholten und vor uns im Fjord ankamen", ergänzte Julian.

„Klar", erwiderte Thorgest. „Denn unsere Schiffe waren erheblich leichter und schneller als eure. Wir hatten schließlich kein Vieh und andere schwere Dinge dabei – die habt ihr uns ja freundlicherweise mitgebracht." Er lachte dröhnend.

Julian nickte langsam. Ihm fiel der Abend ein, als er Met für die Wikinger hatte holen sollen. Dabei hatte er in der Dunkelheit einige düstere Gestalten bemerkt. Das waren garantiert Thorgest und seine Krieger gewesen, die sie belauert hatten!

„Dann wart ihr es, die uns in der Nacht am Strand

überfielen", stellte der Jarl fest. „Und ihr habt unsere Schafe und meinen Sohn geraubt!"

Leif unternahm einen erneuten Versuch, Ingolfur zu entkommen. Doch der Jäger hielt ihn weiter fest. In seiner Verzweiflung trat Leif ihm mit aller Kraft auf den Fuß, was Ingolfur weiß vor Wut werden ließ – und ein Lächeln in Julians Gesicht zauberte.

„Wieder richtig", sagte Thorgest schroff. „Du hast mir meine Söhne genommen und jetzt habe ich deinen. Die Entführung des kleinen Kerls hatte aber auch den Sinn, dass ein Teil von deinen Leuten nicht mehr hier im Fjord war. Ich konnte mir ja denken, dass du, Erik, deinen Sohn mit einem Teil deiner Krieger suchen würdest und wir dann den Rest deiner Gruppe leichter würden überfallen können. Das hier ist wirklich ein schöner Siedlungsplatz, aber um ihn zu nutzen, brauchen wir noch mehr Vieh, Werkzeug und Saatgut. Und das habt ihr ja, wie gesagt, freundlicherweise für uns mitgebracht."

„Deine Söhne starben im Kampf, ich habe sie nicht ermordet", stellte Erik klar. „Sie wollten mich töten, also habe ich mich gewehrt. Deine Söhne fielen im Kampf Mann gegen Mann. Aber du, Thorgest, hast einen unschuldigen kleinen Jungen in deine Gewalt gebracht!"

„Ich bin nicht klein!", begehrte Leif auf und trat noch einmal äußerst heftig auf Ingolfurs Fuß.

„Wir sollten das hier zu Ende bringen!", rief der Jäger mit schmerzverzerrtem Gesicht. „Der Kleine tritt wie ein Pferd um sich."

„Recht hast du", knurrte Thorgest und hob sein Sax. „Wir haben genug geschwätzt. Jetzt sprechen die Waffen. Ich werde dich töten, Erik."

„Komm nur her!", schrie der Jarl. „Aber lass Leif aus der Sache raus. Er ist noch ein Kind."

Thorgest grinste höhnisch. „Na und?"

Julian schluckte schwer. Er spürte Kija an seinen Beinen, die sich ängstlich gegen ihn drängte.

Diesen Kampf konnte niemand gewinnen, die verfeindeten Gruppen waren etwa gleich stark, schoss es Julian durch den Kopf. Es drohte ein ebenso furchtbares wie sinnloses Blutvergießen. Aber was konnte er schon tun?

Erik packte sein Schwert mit beiden Händen. In seine Augen trat ein merkwürdiger Glanz. Rainvaig war mit ihrer Axt direkt an seiner Seite.

Ohne richtig zu überlegen, was er da tat, sprang Julian auf den schmalen Streifen, der die feindlichen Reihen trennte. „Halt!", rief er. Seine Stimme zitterte leicht.

„Weg da, du Krümel!", schnaubte Thorgest.

„Nein!", beharrte Julian, die Arme weit ausgebreitet. „Diese Schlacht kann niemand gewinnen! Seht ihr denn nicht, dass eure Reihen etwa gleich stark sind? Es

wird viele Tote und Verwundete geben. Und die, die diesen Kampf überleben, werden zu wenige und zu schwach sein, dieses Land bewohnbar zu machen."

„Quatsch!", brüllte Thorgest.

„Wer soll die Häuser bauen und wer die Ställe? Wer soll die Zäune ziehen und wer auf die Jagd gehen oder fischen?", fuhr Julian unbeirrt fort. „Ein kleiner Haufen von euch, der womöglich auch noch verletzt und geschwächt ist, hat hier keine Chance. Warum begrabt ihr den alten Streit nicht und tut euch zusammen?"

Julian ließ die Worte wirken. Sein Herz klopfte wie wild. Besorgt schaute er von Erik zu Thorgest und wieder zurück. Wie würden die beiden Anführer auf seinen Vorschlag reagieren?

„Ich muss mich beraten", sagte Erik zu Julians großer Erleichterung.

„Na gut, das werde ich auch tun", brummte Thorgest.

„Nein, warum denn?", rief Ingolfur. Aber man beachtete ihn nicht weiter.

Und während Julian, neben den nun auch Kim, Leon und Kija getreten waren, weiter zwischen den Kampfreihen stand, steckten die Krieger jetzt ihre Köpfe zusammen.

„Das war echt mutig von dir", sagte Leon leise zu Julian.

„Ja", meinte auch Kim, während sie Kija auf den

138

Arm nahm. „Hoffentlich gehen sie auf deinen Vorschlag ein, Julian!"

Bange Minuten verstrichen. Julian schaute mit einem Seufzer zum Himmel über ihnen. Inzwischen war es früher Abend und die Sonne tauchte das grüne Land in ein goldenes Licht.

Aus beiden Lagern klang erregtes Gemurmel. Julian bedauerte, dass er kein Wort verstand.

Doch dann war es so weit. Erik und Thorgest traten sich ein weiteres Mal gegenüber und musterten sich misstrauisch.

„Gib meinen Sohn frei", sagte Erik mit seiner rauen Stimme. „Dann will ich die Waffen ruhen lassen."

Julian hielt den Atem an. Wie würde Thorgests Antwort lauten?

„Wir brauchen Vieh und Werkzeuge", sagte Thorgest. „Sonst werden wir hier nicht lange überleben."

„Ihr könnt die Schafe erst einmal behalten, die ihr gestohlen habt", erwiderte Erik zu Julians Überraschung. „Aber ihr gebt uns später dieselbe Anzahl an Lämmern zurück."

Thorgest zögerte einen Moment. „Gut, das dürfte für den Anfang reichen. Es herrscht Frieden zwischen uns und wir wollen einander helfen", sagte er feierlich. „Wir werden gemeinsam ein Dorf bauen und zusammen auf die Jagd gehen."

Julian lächelte Kim und Leon erleichtert an.

Thorgest wandte sich an Ingolfur. „Lass Leif los!"

„Bloß nicht, das ist ein furchtbarer Fehler!", rief Ingolfur. „Wir sollten kämpfen!"

„Nein", knurrte Thorgest und zog Leif von Ingolfur fort.

Strahlend fiel Leif seinem Vater und seiner Mutter in die Arme. Die Wikinger schlugen mit den Fäusten auf ihre Schilde.

Niemand außer den Freunden achtete auf Ingolfur. Der Jäger schaute sich hektisch um, als suche er nach irgendwelchen Verbündeten. Aber alle behandelten ihn, als wäre er Luft. Da machte der Jäger auf dem Absatz kehrt und rannte weg.

„Ingolfur flieht!", rief Julian.

Doch Erik winkte nur ab. „Lass ihn. Er wird nicht weit kommen. Allein hat er in Grönland keine Chance."

„Stimmt, und jetzt lasst uns zusammen feiern", rief Floki.

„Zusammen?", knirschte Erik. „Nein, so weit sind wir noch nicht."

Thorgest grinste verschlagen. „Das sehe ich genauso …"

Julian verdrehte die Augen. Erik und Thorgest schienen sich immer noch tief zu misstrauen. Er begann daran zu zweifeln, dass der Friede zwischen den Wikingerstämmen lange Bestand haben würde.

Thorgest gab seinen Männern ein Zeichen und sie zogen ab.

„So, jetzt können wir feiern", brummte Erik, als die Gruppe von Kriegern verschwunden war.

Wenig später züngelten Flammen in den blauschwarzen, mit Sternen übersäten Himmel über dem Eriksfjord. Die Wikinger hatten sich um Dutzende von Lagerfeuern gruppiert. Es wurde gegessen, getrunken und gelacht.

Die Gefährten saßen bei Erik, Rainvaig, Leif und Floki. Der junge Wikinger berichtete in schillernden Farben von einigen Ausbruchsversuchen, die er während seiner kurzen Gefangenschaft bei Thorgest unternommen hatte.

Floki bedachte Leif mit einem nachdenklichen Blick. Dann sagte er zu Erik: „Dein Junge ist wirklich schwer zu bremsen. Ich glaube, er wird es noch weit bringen."

„Na klar!", rief Leif, der die Bemerkung aufgeschnappt hatte. „Ganz weit! Denn ich will auch Länder entdecken wie mein Vater. Aber welche, die noch viel weiter weg sind."

Julian schaute zu Kim und Leon. Alle drei mussten lachen.

Spät in der Nacht, die ersten Wikinger schliefen schon leicht benebelt vom Met am Strand, erhob Rainvaig sich. „Zeit, schlafen zu gehen, Leif", sagte sie.

„Nö, ich bleibe noch ein bisschen."

„Keine Widerrede", beharrte seine Mutter. „Komm jetzt!"

„Aber die anderen Kinder dürfen doch auch noch aufbleiben", quengelte Leif mit einem Seitenblick auf die Gefährten.

„Wir gehen auch gleich", versprach Julian.

Leif ließ sich widerwillig von seiner Mutter zum Schlafplatz bugsieren. Zum Abschied hob er kurz die Hand. „Bis morgen! Da gehen wir jagen!"

Morgen? Julian wurde ein wenig traurig. Vermutlich würde es keine gemeinsame Jagd geben …

„Es ist wieder mal Zeit, oder?", sagte er leise zu Leon und Kim, die Kija auf den Knien hatte. „Wir wissen nun, wie es Erik und seinen Leuten gelang, Grönland zu erreichen. Und unseren Fall haben wir auch gelöst."

Seine Freunde nickten.

„Und einmal mehr werden wir uns nicht verabschieden können", sagte Leon bedrückt.

„Ja, das lässt sich leider nicht ändern. Kommt, Jungs", meinte Kim und erhob sich.

Unter dem Vorwand, sich ebenfalls hinzulegen, verließen die Gefährten das Lagerfeuer.

Der große, etwas angekokelte Schild hing nach wie vor an dem dicken Ast. Bald, davon war Julian überzeugt, würde er einen neuen Ehrenplatz bekommen.

Aber zunächst hatte der Schild noch eine andere Aufgabe zu erfüllen. Julian hatte ein mulmiges Gefühl in der Magengrube – würde die Rückreise überhaupt gelingen? Immerhin war der Schild ja beschädigt! Mit klopfendem Herzen trat er näher. „Sollen wir?", fragte er leise und versuchte, sich seine Nervosität nicht anmerken zu lassen.

Zweimaliges Nicken war die Antwort.

Julian warf einen letzten Blick über den steinigen Strand, dann ging er als Erster in den Schild hinein.

Und es funktionierte, nichts hielt ihn auf! Tempus holte ihn und seine Freunde heim nach Siebenthann.

# Dreharbeiten

Drei Tage später saßen die Freunde in Kims Zimmer. Draußen regnete es in Strömen. Die vergangenen beiden Stunden hatten Kim, Leon und Julian für eine Englisch-Arbeit gebüffelt, während Kija ganz relaxt auf der Fensterbank gesessen und den Tropfen zugesehen hatte, die an der Scheibe herunterliefen.

Doch jetzt klappte das Mädchen das Lehrbuch zu. „Feierabend", rief es. „Ich glaube, ich habe alles verstanden."

„Ich auch", sagte Leon. „Und was machen wir jetzt?"

„Läuft ein guter Film im Kino?", fragte Julian. „Das wäre bei diesem Wetter doch genau das Richtige."

„Sollen wir noch mal in den Wickie-Film gehen? Den könnte ich mir glatt zweimal anschauen!", sagte Leon.

Kim zog die Augenbrauen hoch. „Kino? Das bringt mich auf eine Idee. Was haltet ihr davon, wenn wir selbst einen Film drehen? Mein Papa hat eine ziemlich gute Kamera. Die leiht er mir bestimmt!"

Julian schaute sie erstaunt an. „Was für einen Film willst du denn drehen?"

Kims Augen begannen zu leuchten. „Natürlich einen Wikingerfilm! Bei diesem Thema kennen wir uns doch seit unserem letzten Abenteuer gut aus! Auf dem Dachboden oben habe ich eine Kiste mit Klamotten zum Verkleiden."

Leon war sofort begeistert. „Und ein Boot könnten wir uns auch besorgen. Am Weiher kann man sich doch Ruderboote ausleihen. Wir müssten uns nur einen Drachenkopf für den Vordersteven basteln. Aber das kriege ich schon hin. Der Bootsverleiher ist ein netter Typ. Er wird uns bestimmt erlauben, dass wir sein Boot ein wenig umbauen. Nur für die Dreharbeiten natürlich."

Nun war auch Julian bei der Sache. „Okay, ich spiele Leif!"

Kim grinste. „Und ich übernehme die Rolle von Rainvaig. Dafür brauche ich unbedingt noch eine hübsche Axt! Die wird sich bei unseren Nachbarn auftreiben lassen. Sie hacken immer Holz für ihren Kachelofen."

„Dann bin ich Thorgest", rief Leon und begann, durch Kims Zimmer zu hinken und ein imaginäres Schwert zu schwingen.

„Okay. Einer muss ja den Schurken spielen." Julian lachte. Sein Blick fiel auf Kija, die ihre Freunde neugierig beäugte. „Und was machen wir mit dir?"

Einen Moment herrschte konzentrierte Stille. Kija erhob sich, um sich ausgiebig zu recken und zu strecken.

Da schnippte Kim mit den Fingern. „Ich hab's, Jungs!" Sie schob ihren Schreibtischstuhl in die Mitte des Zimmers und setzte die Katze darauf. „Kija übernimmt die Regie. Schließlich hat sie oft die besten Einfälle!"

# Erik und Leif – zwei berühmte Entdecker

Wenn man über berühmte Wikinger spricht, dürfen zwei Namen nicht fehlen: Erik Thorvaldsson, wegen seiner roten Haarpracht und einiger blutiger Auseinandersetzungen „der Rote" genannt, und sein Sohn Leif Eriksson.

Erik wurde um 950 nach Christus in Norwegen geboren. Um 970 musste er aus Norwegen fliehen, weil er einen Mord begangen haben sollte. Erik ließ sich mit seiner Familie in Island nieder. Weitere Familien schlossen sich an, die Siedlung wuchs und wuchs und Erik wurde zum Jarl gewählt.

982 hatte er wieder Ärger – diesmal gab es einen blutigen Kampf mit einem anderen Wikinger namens Thorgest. Anlass des Streits waren wertvolle Holzbalken, die Erik Thorgest geliehen hatte, die dieser aber nicht mehr zurückgeben wollte. Im Verlauf der Auseinandersetzung wurden zwei Söhne von Thorgest getötet, wie auch im vorliegenden Abenteuer der Zeitdetektive erwähnt. Beim Thing wurde Erik zu drei Jahren Verbannung verurteilt. Er segelte allein von Island aus

147

los und gelangte nach Grönland, wo er nicht nur drei Jahre ausharrte, sondern auch die Küsten erkundete. Damals herrschte auf Grönland ein etwas milderes Klima als heute. Gut möglich, dass Erik also wirklich nicht nur fischreiche Fjorde, sondern auch grüne Küstenstreifen vorfand.

Nach drei Jahren kehrte er zurück in seine alte Heimat und schwärmte den anderen von seinen Entdeckungen vor. Vermutlich hat er dabei ein wenig übertrieben, um den Wikingern die gefährliche Reise schmackhaft zu machen. Einige Historiker halten den Namen „Grönland" – der ja von Erik stammt – schlichtweg für einen kleinen Werbetrick des Jarls.

Tatsächlich gelang es ihm, seine Leute für die Überfahrt zu begeistern. Im Jahr 985 segelten Erik und rund 700 weitere Wikinger samt Vieh und Hausrat auf 25 Schiffen los. Doch unterwegs gerieten die Siedler in einen furchtbaren Sturm. Einige der Schiffe gingen unter, andere drehten um. Nur 14 Drachenboote mit etwa 400 Siedlern gelangten schließlich in den Eriksfjord.

Die Isländer bauten mehrere Siedlungen, die rasch wuchsen, weil immer mehr Siedler folgten. Ingesamt wohnten bald etwa 3000 isländische Wikinger auf Grönland.

Im Jahr 1002 gab es einen schweren Rückschlag: Neue Siedler schleppten eine hoch ansteckende Krankheit ein, der auch Erik im Jahr 1003 zum Opfer fiel. Da aber genug Wikinger die Epidemie überlebten, erholten sich die Siedlungen schnell. Sie bestanden bis ins 15. Jahrhundert hinein.

Ging Erik als der Besiedler und Namensgeber von Grönland in die Geschichte ein, so verbrachte sein Sohn noch ruhmreichere Taten. Leif Eriksson, genannt „der Glückliche", erblickte um 975 in Island das Licht der Welt und wurde 985 wie seine Geschwister von Erik mit nach Grönland genommen.

Von hier aus segelte Leif um das Jahr 1000 mit rund 35 Mann an die Küsten Nordamerikas und betrat vermutlich als erster Europäer nordamerikanischen Boden. Dort erkundete er die Küsten, entdeckte die *Baffin-Insel* und vermutlich auch *Labrador* und *Neufundland*. Eine dauerhafte Besiedlung scheiterte jedoch am Widerstand der Ureinwohner. Leifs Bruder (um welchen es sich handelt, ist unklar) startete weitere Expeditionen, geriet aber ebenfalls mit den Eingeborenen in Konflikt und starb an einer Pfeilverletzung. Leif lebte etwa bis ins Jahr 1020.

Der mutige Seefahrer machte sich nicht nur als Entdecker einen Namen. Er war es auch, der um das Jahr 1000 herum das Christentum in Grönland einführte.

# Glossar

**Asgard**  Wohnsitz der Götter der Wikinger

**Baffin-Insel**  mit 507.000 Quadratkilometern fünft-größte Insel der Welt; liegt im Norden Kanadas

**Bragi**  Gott der Redekunst

**Brattahlid**  So nannte Erik sein Haus in Grönland (übersetzt: steiler Hang).

**Eriksfjord**  Meeresarm im Süden Grönlands, benannt nach seinem Entdecker Erik Thorvaldsson

**Eriksson, Leif**  isländischer Entdecker; er lebte von etwa 975 bis 1020. Um das Jahr 1000 segelte er von Grönland aus nach Nordamerika.

**Eystribygd**  Name von Eriks Siedlung auf Grönland

**Fibel**  zwei durch eine Kette verbundene Spangen für die Kleidung. Fibeln waren oft reich verziert.

**Fjord**  ins Festland hineinreichender Meeresarm. Die Ufer von Fjorden haben oft steile Hänge, die schwer zu besiedeln sind.

**Freya**  Göttin der Fruchtbarkeit

**Grönland**  mit 2,16 Millionen Quadratkilometern die größte Insel der Welt. Grönland hat nur rund 56.000

Einwohner. Die Hauptstadt heißt Nuuk (etwa 18.000 Einwohner).

**Gryllteiste** Vogel, der in den nördlichen Breiten lebt; Körperlänge 32 bis 38 Zentimeter, Flügelspannweite 49 bis 58 Zentimeter; schwarzes Gefieder mit weißen Flecken auf den Flügeln. Beine und Füße sind rot gefärbt.

**Haithabu** wichtigste Handelsstadt der Wikinger im 9. und 10. Jahrhundert n. Chr.

**Hel** Totenreich der Wikinger

**Island** (übersetzt: Eisland) mit 103.000 Quadratkilometern die größte Vulkaninsel der Welt und der zweitgrößte Inselstaat Europas (nach dem Vereinigten Königreich Großbritannien); rund 317.000 Einwohner

**Jarl** Edelmann, königlicher Statthalter, auch Fürst und Anführer

**Klappenrock** Dieses Kleidungsstück erinnert entfernt an einen modernen Bademantel. Der Klappenrock besteht aus einem Rückenteil, Ärmeln sowie auf der Vorderseite aus zwei dreieckigen Klappen, die zum Verschließen übereinandergeschlagen werden.

**Knorr** Transportschiff der Wikinger. Der Name kommt vermutlich von dem „knorrigen" Ast, der als Steven diente. Eine Knorr konnte viel Ladung aufnehmen, war aber ziemlich langsam und bot der Mannschaft sowie der Ladung keinen Schutz.

**Kolkrabe**  große Rabenart mit einer Körperlänge bis zu 67 Zentimetern und einer Flügelspannweite bis zu 130 Zentimetern

**Labrador**  etwa 1,4 Quadratkilometer große Halbinsel mit rund 300.000 Einwohnern im Osten Kanadas

**Landnámsmen**  übersetzt: die Landnehmer = die Siedler

**Mattak**  Haut und Schwarte des Narwals in der Sprache der Einheimischen auf Grönland. Mattak wird roh gegessen, gilt dort auch heute noch als Delikatesse und ist im inländischen Handel eine wichtige Einnahmequelle.

**Met**  alkoholisches Getränk aus Honig und Wasser; enthielt 11 bis 16 Prozent Alkohol

**Neufundland**  Insel vor der Nordostküste Nordamerikas, 108.860 Quadratkilometer groß, heute knapp 500.000 Einwohner

**Nörd**  Gott der Schifffahrt, des Reichtums und der Fruchtbarkeit

**Odin**  oberster Gott der Wikinger, Allvater, Anführer des Göttergeschlechts der Asen. Er wurde als unbarmherzig, grausam, launisch, listig und verschlagen beschrieben. An seiner Tafel versammelten sich die gefallenen Krieger.

**Polarhase**  Mit seinen bis zu 60 Zentimetern Körperlänge ist er etwas kleiner als der Feldhase. Im Sommer hat der Polarhase ein braunes, im Winter ein weißes Fell, um sich besser tarnen zu können.

**Pumphose**  Kniebundhose mit weiten, faltenreichen Hosenbeinen (von den Oberschenkeln bis zu den Knien)

**Qarmag**  halb unterirdische Behausung der Tunit mit maximal zwei Räumen; der eine Raum diente als Wohn- und Schlafstätte, der andere für Vorräte.

**Qulliq**  Lampe und Kochgelegenheit der Tunit, die mit Öl befeuert wurde. Das Öl wurde aus Robben- oder Walspeck gewonnen. Der Speck wurde mit einem Stein im Qulliq geklopft, bis das Öl aus dem Fettgewebe austrat.

**Rahe**  am Schiffsmast aufgehängte waagerechte Stange zur Befestigung der Segel (Rahsegel)

**Rentier**  Hirschart mit dichtem Fell und weit verzweigtem Geweih; Rentiere werden bis zu 220 Zentimeter lang, 140 Zentimeter hoch (Schulterhöhe) und bis zu 300 Kilo schwer. In nördlichen Breiten sind Rentiere wichtige Nutztiere.

**Reykjavik**  (übersetzt: Rauchbucht) Die Hauptstadt von Island hat heute rund 120.000 Einwohner und ist die nördlichste Hauptstadt der Welt. Sie wurde erstmals um 870 n. Chr. von Wikingern besiedelt.

**Riemen**  längeres, mit beiden Händen zu bewegendes Ruder

**Runen**  Schriftzeichen der Wikinger und Germanen,

die in Stein oder Holz geritzt wurden. Runen waren vom 2. bis 14. Jahrhundert im Gebrauch.

**Sattelrobbe** silbergraue Robbenart. Sattelrobben sind 170 bis 180 Zentimeter lang und wiegen 120 bis 140 Kilogramm.

**Sax** einschneidiges Hiebmesser; zwischen 30 und 50 Zentimeter lang, bis zu fünf Zentimeter breit. Saxe erinnern von der Form her an die heutigen Macheten (Buschmesser).

**Skadi** Göttin der Jagd und des Winters

**Steven** nach oben führende Verlängerung des Schiffskiels; begrenzt das Schiff vorn (Vordersteven) bzw. hinten (Hintersteven).

**Stockfisch** durch Trocknen haltbar gemachter Fisch, vor allem Kabeljau und Schellfisch. Nachdem Eingeweide und Köpfe entfernt sind, werden die Fische paarweise an den Schwänzen zusammengebunden und zum Trocknen auf Holzgestelle (Stockgestelle) gehängt.

**Thing** Volks- und Gerichtsversammlung. Beim Thing, das immer unter freiem Himmel an einem heiligen oder geweihten Ort stattfand, wurden von Anführern politische Entscheidungen getroffen und es wurde Recht gesprochen.

**Thor** vor allem beim einfachen Volk sehr beliebter Gott der Wikinger, volkstümlich, humorvoll. Das Rollen seines mit Ziegenböcken bespannten Wagens erzeugt den Donner. Thors Hammer Mjöllnir schleudert Blitze und kehrt nach dem Wurf von selbst in Thors Hand zurück.

**Thorshühnchen** arktischer Schnepfenvogel; Grundfarbe des Gefieders ist rot, die Kopfseiten sind weiß. Der Schnabel ist gelb mit schwarzer Spitze.

**Thorvaldsson, Erik** berühmter Wikinger. Der Seefahrer und Entdecker wurde um 950 geboren und starb etwa 1003 n. Chr. Er war es, der Grönland besiedelte.

**Tunit** technisch weit entwickeltes Volk, das zwischen 500 und etwa 1000 n. Chr. in Grönland und im Norden Kanadas siedelte.

**Tyr** Kriegsgott der Wikinger

**Wams** mittelalterliche Kurzjacke. Es gab Wämser mit und ohne Ärmel – Letztere waren die Vorläufer der Weste.

# Die Zeitdetektive
## Spannende Reisen durch die Zeit

**Miau!**

Ihr seid sicher genauso schlau wie Julian, Kim und Leon – stimmt's?

Dann klickt doch mal auf

**www.zeitdetektive.de**

Dort gibt's nämlich die **Zeitdetektive-Akademie**, in der ihr euer Wissen testen könnt.

Im Forum warten **andere Zeitdetektive-Fans** auf euch und das **Zeitdetektive-Lexikon** freut sich auf eure Beiträge!

HC_11_040

In diesem Band haben wir es ja gewagt, zu einem Wikinger zu reisen, der zu drei Jahren Verbannung verurteilt wurde. Falls ihr Lust habt, mehr über die Rechtsprechung der Drachenkrieger zu erfahren, dann gebt einfach den Code, der hinter der richtigen Antwort auf meine Spezialfrage steht auf

**www.zeitdetektive.de**

ein und schon seid ihr noch ein bisschen klüger!

## Kijas Spezialfrage:

**Wie hieß die Versammlung, bei der bei den Wikingern Recht gesprochen wurde?**

• **Thing**          82h938

• **Think**          10j837

• **Thind**          43k954

Kleiner Tipp:
   Das Glossar in diesem Buch ist sehr hilfreich!

Eure Kija

Ravensburger

# Die Zeitdetektive
## Spannende Reisen durch die Zeit

**Fabian Lenk/Almud Kunert**

### Das Auge der Nofretete

Band 25

Ägypten – 1356 vor Christus. Der Pharao Echnaton und seine schöne Frau Nofretete sind in höchster Gefahr! Wer trachtet ihnen nach dem Leben? Die Zeitdetektive haben den Künstler im Verdacht, der Nofretetes berühmte Büste fertigte.

ISBN 978-3-473-36980-5

**Ravensburger**

# Die Zeitdetektive
## Spannende Reisen durch die Zeit

**Diese Abenteuer der Zeitdetektive
sind bereits erschienen:**

| Habe ich | | | ISBN 978-3-473- |
|---|---|---|---|
| ○ | Band 1 | Verschwörung in der Totenstadt | 34518-2 |
| ○ | Band 2 | Der rote Rächer | 34519-9 |
| ○ | Band 3 | Das Grab des Dschingis Khan | 34520-5 |
| ○ | Band 4 | Das Teufelskraut | 34521-2 |
| ○ | Band 5 | Geheimnis um Tutanchamun | 34522-9 |
| ○ | Band 6 | Die Brandstifter von Rom | 34523-6 |
| ○ | Band 7 | Der Schatz der Wikinger | 34524-3 |
| ○ | Band 8 | Das Rätsel des Orakels | 34525-0 |
| ○ | Band 9 | Das Silber der Kreuzritter | 34526-7 |
| ○ | Band 10 | Falsches Spiel in Olympia | 34527-4 |
| ○ | Band 11 | Marco Polo und der Geheimbund | 34528-1 |
| ○ | Band 12 | Montezuma und der Zorn der Götter | 34531-1 |
| ○ | Band 13 | Freiheit für Richard Löwenherz | 34532-8 |
| ○ | Band 14 | Francis Drake, Pirat der Königin | 34533-5 |
| ○ | Band 15 | Kleopatra und der Biss der Kobra | 34534-2 |
| ○ | Band 16 | Die Falle im Teutoburger Wald | 34535-9 |
| ○ | Band 17 | Alexander der Große unter Verdacht | 34536-6 |
| ○ | Band 18 | Das Feuer des Druiden | 34537-3 |
| ○ | Band 19 | Gefahr am Ulmer Münster | 34538-0 |
| ○ | Band 20 | Michelangelo und die Farbe des Todes | 36984-3 |
| ○ | Band 21 | Der Schwur des Samurai | 36985-0 |
| ○ | Band 22 | Der falsche König | 36982-9 |
| ○ | Band 23 | Hannibal, Herr der Elefanten | 36983-6 |
| ○ | Band 24 | Der Fluch der Wikinger | 36979-9 |
| ○ | Band 25 | Das Auge der Nofretete | 36980-5 |

Ravensburger

HL_ti_035

# Ravensburger Bücher

## Die Zeitdetektive
### Spannende Reisen durch die Zeit

| Angelika Lenz/Boris Braun | Angelika Lenz/Boris Braun | Angelika Lenz/Boris Braun |
|---|---|---|
| **Die Zeitdetektive: Entdecker-Handbuch Ägypten** | **Die Zeitdetektive: Entdecker-Handbuch Wikinger** | **Die Zeitdetektive: Entdecker-Handbuch Rom** |
| Mit diesem Handbuch bist du gewappnet für deine Zeitreise ins alte Ägypten: Du erfährst, wie man die Hieroglyphen entziffert, welche Regeln es im Palast des Pharaos gibt, wie man eine Pyramide baut und vieles mehr. | Dieses Handbuch bereitet dich auf deine Zeitreise zu den Wikingern vor: Du erfährst, wie man ein Wikingerschiff baut, was ein Langhaus ist, wie die Wikinger kämpfen und vieles mehr. | Dieses Handbuch bereitet dich auf deine Zeitreise zu den alten Römern vor: Du lernst die römischen Kaiser kennen, erfährst, wie die Römer Feste feiern, wie sie kämpfen und vieles mehr. |
| ISBN 978-3-473-**55179**-8 | ISBN 978-3-473-**55180**-4 | ISBN 978-3-473-**55181**-1 |

Ravensburger

ZD_10_066

www.ravensburger.de